LE TRAIN
DE 16 h 50

Agatha Christie

LE TRAIN DE 16 h 50

Traduit de l'anglais par Jean Brunoy

Librairie des Champs-Élysées

Ce roman a paru sous le titre original :

4:50 FROM PADDINGTON

© Agatha Christie Limited, 1957.
© LIBRAIRIE DES CHAMPS-ÉLYSÉES, 1959.

Tous droits de traduction, reproduction, adaptation, représentation réservés pour tous pays.

CHAPITRE PREMIER

Haletante, Mrs McGillicuddy s'efforçait de suivre l'homme d'équipe qui dans le hall de la gare de Paddington (1) portait sa valise : la digne dame était petite et sujette à l'embonpoint, tandis que, de haute taille, le préposé aux bagages marchait à pas de géant. En outre, sa cliente avait grand-peine à maintenir dans ses bras les nombreux paquets contenant les achats faits dans la capitale à l'approche de Noël.

Dans ces conditions, comment s'étonner que le porteur eût déjà atteint le quai de départ alors qu'elle se débattait encore dans le hall, rejetée de droite et de gauche par une foule turbulente surgissant des passages souterrains, des buffets et des bu-

(1) Grande gare londonienne.

reaux de renseignements ? Sans oublier ni les voyageurs descendus de trains surchargés, et dont le flot se heurtait aux nouveaux venus, ni les incorrigibles qui semblent choisir les jours de grand départ pour étudier, sans grand succès d'ailleurs, les panneaux des horaires.

Sans doute protégée par le dieu « hasard », Mrs McGillicuddy parvint enfin au quai n° 3, au long duquel se trouvait « son train », le semi-direct de 16 h 50, au moment où un haut-parleur, rauque à souhait, hurlait : « Direction de Brackhampton et Milchester, départ dans quatre minutes ! »

Reprenant difficilement sa respiration, Mrs McGillicuddy se prit à penser au billet qu'il lui fallait présenter. Luttant avec ses paquets avec l'énergie du désespoir, elle finit par le découvrir dans le fond de son sac à main. Puis, avançant péniblement, elle aperçut le porteur qui, résigné, l'attendait devant un wagon de troisième classe. Spectacle qui la fit sursauter. L'indignation eut raison de son essoufflement :

— Je voyage en première, dit-elle, péremptoirement.

Sans s'émouvoir, le porteur jeta un coup d'œil sur le manteau écossais poivre et sel, et de coupe masculine qui s'offrait à sa vue :

— Je ne pouvais pas le deviner, marmonna-t-il sans plus.

La crainte de manquer son train l'emporta sur un ressentiment justifié. Aussi Mrs McGillicuddy se contenta-t-elle de suivre le porteur jusqu'à la voiture appropriée dans laquelle elle se hissa. Après avoir pris place dans un compartiment vide, elle rémunéra le porteur avec une dignité que celui-ci n'apprécia guère : le montant du pourboire ne répondait pas au standing des « premières ». La vérité était que Mrs McGillicuddy appartenait à cette catégorie de gens qui, prêts à dépenser tout l'argent voulu pour s'assurer un voyage confortable, ont le souci de ne pas exagérer ce qu'ils considèrent comme un don.

Un dernier coup d'œil sur le quai, et la voyageuse se disposait à feuilleter un magazine, quand le signal du départ fut donné. Bientôt, Mrs McGillicuddy inclina la tête, le magazine glissa sur la banquette et ce fut le sommeil réparateur, jusqu'au moment où un léger coup de frein réveilla la dormeuse.

Remise des émotions du départ, elle assura l'équilibre de son chapeau minuscule et se mit à regarder le paysage. Plus exactement ses ombres car, déjà, la brume d'un soir de décembre était tombée : dans cinq jours, ce serait Noël. Du moins, les lumières des petites gares ou des habitations clairsemées ne manquaient-elles pas de charme.

L'appel d'un serveur surgissant à la porte du compartiment tel un diablotin, troubla cette quiétude : « Le thé est servi ! » Mrs McGillicuddy hésita, puis se souvenant qu'elle avait déjà sacrifié au rite dans un grand magasin, elle ignora l'invitation qui se répétait dans le couloir et, d'instinct, elle jeta un coup d'œil sur les paquets qu'elle avait hâtivement déposés dans le filet.

Satisfaite, elle se tourna de nouveau vers la fenêtre. Soudain, un express passa en trombe avec un sifflement aigu qui fit trembler les vitres. Mrs McGillicuddy sursauta. Peu après, son propre train ralentit, à l'approche d'un signal sans doute. A ce moment, sur la voie la plus proche, un autre convoi fit son apparition et l'effet devint impressionnant : allant dans la même direction, et presque à vitesse égale, les deux trains semblaient disputer un match.

Réflexe habituel d'un voyageur désœuvré, Mrs McGillicuddy s'efforçait de voir les occupants des compartiments qui s'offraient à sa vue. Mais la plupart des stores avaient été baissés — froid intense et nuit noire — et les voyageurs, par ailleurs peu nombreux, étaient difficilement visibles.

Cependant, alors que, collés l'un à l'autre, pour ainsi dire, les trains donnaient l'impression d'être immobiles, le store du compartiment qui faisait alors face à celui de Mrs McGillicuddy se souleva entièrement, permettant à celle-ci de satisfaire sa curiosité. Mais ce qu'elle vit lui arracha un petit cri. Elle essaya de se lever, avant de retomber, haletante, sur la banquette : debout et le dos tourné, un homme serrait la gorge d'une femme et, lentement, impitoyablement, il l'étranglait. Les yeux de la malheureuse sortaient de leurs orbites et sa figure était cramoisie. Terrorisée, Mrs McGillicuddy ne pouvait détacher ses yeux de l'horrible spectacle.

Le hasard voulut que le « 16 h 50 » ralentît encore et que le train « parallèle » le dépassât rapidement, disparaissant dans la nuit.

Mrs McGillicuddy s'efforçait d'atteindre la sonnette d'alarme, mais elle dut y renoncer : l'émotion la paralysait. Soudain, la porte du compartiment s'ouvrit et la voix du contrôleur se fit entendre : « Billet, s'il vous plaît. »

L'interpellée dut faire un effort avant de dire d'une voix saccadée :

— Une femme a été étranglée... dans le train qui vient de nous dépasser... Je l'ai vue !

« Encore une hallucinée ! » dut penser l'employé qui jeta un regard soupçonneux sur son vis-à-vis.

— Etranglée ? répéta-t-il, sans plus.

Son incrédulité ne faisait aucun doute.

— Oui, et je l'ai vue, vue de mes propres yeux. Il faut que vous fassiez quelque chose immédiatement !

Le contrôleur toussota, comme pour s'excuser de sa réponse :

— Ne croyez-vous pas, madame, que vous vous êtes endormie et que, peut-être...

Il n'eut pas le temps d'achever sa phrase.

— J'ai fait un petit somme, c'est exact, riposta Mrs McGillicuddy, mais si vous faites allusion à un rêve vous êtes complètement dans l'erreur. *J'ai vu*, dis-je !

Le regard de l'employé se porta sur le magazine laissé ouvert sur la banquette. Sur l'une des deux pages visibles, un dessin représentait une femme attaquée par un homme masqué.

« Voilà qui explique bien des choses », pensa le contrôleur qui se fit persuasif :

— Allons, madame, soyez raisonnable ! Ne croyez-vous pas qu'après avoir lu une histoire passionnante à souhait, vous vous êtes endormie, puis réveillée, encore sous l'impression du récit ?

De nouveau, la voyageuse l'interrompit :

— Erreur ! J'étais parfaitement lucide ! Dois-je répéter que je regardais par la fenêtre, sans idée préconçue, et que j'ai vu un homme étrangler une femme ? Et je veux savoir ce que vous vous proposez de faire à ce sujet !

L'autre n'était toujours pas convaincu. Il soupira avant de regarder sa montre :

— Eh bien ! madame, nous serons à Brackhampton dans sept minutes exactement. Patientez donc jusque-là. Au fait, dans quelle direction allait le train dont vous m'avez parlé ?

— La nôtre, évidemment ! Vous ne pensez pas, je suppose que j'aurais pu voir *ces choses* dans un train roulant en sens contraire ?

Le contrôleur donnait l'impression de croire que son interlocutrice était tout à fait capable de voir n'importe quelle image suggérée par une imagination sans borne. Mais il s'en tint à une prudente diplomatie :

— Vous pouvez compter sur moi, madame. Je transmettrai votre témoignage à qui de droit. Peut-être aurez-vous l'obligeance de me donner vos noms et adresse ? Simplement pour le cas où...

Sans attendre la suite, Mrs McGillicuddy lui fit connaître l'endroit où elle se disposait à passer quelques jours, ainsi que son adresse permanente en Ecosse.

Après en avoir pris note, le contrôleur se retira, avec l'air satisfait d'un homme qui a su régler un incident avec l'une de ces folles que l'on rencontre parfois dans un train.

Pour sa part, Mrs McGillicuddy demeurait soucieuse. Le contrôleur allait-il vraiment donner suite à l'affaire ? Ou avait-il simplement cherché à s'en tirer au mieux ? Certes, il existait de nombreuses dames âgées qui ne pouvaient voyager sans craindre de se voir en danger de mort ou d'assister, impuissantes, à une agression. Parfois, elles affirmaient avoir aperçu des soucoupes volantes ou autres engins interplanétaires. Et le contrôleur serait peut-être tenté de la classer parmi ces toquées.

On apercevait les lumières d'une grande ville : Brackhampton. Mrs McGillicuddy ouvrit son sac à main, en tira le premier papier qui s'offrait à son regard ; puis, se saisissant de son stylo, elle écrivit un court message qu'elle glissa dans l'enveloppe qu'elle ne manquait jamais d'emporter avec elle : sait-on jamais ?

A cet instant, le train s'arrêtait le long d'un quai bondé de voyageurs. D'une fenêtre ouverte, Mrs McGillicuddy jeta des regards anxieux : trop de monde et pas assez de porteurs. Elle commençait à désespérer quand elle aperçut un homme d'équipe qui venait dans sa direction.

— Hep ! cria-t-elle sur un ton sans réplique. Remettez immédiatement ce pli au chef de gare ! Voici un shilling.

Ce geste autoritaire l'avait sûrement épuisée, car elle se rassit dans son compartiment sans autre commentaire. Mrs McGillicuddy n'était pas une poule mouillée, mais l'horreur du drame dont elle venait d'être témoin lui donnait encore des frissons. Cependant, elle finit par se persuader qu'elle ne pouvait rien faire d'autre et peu à peu les images macabres s'atténuèrent ; elle pensa soudain au pourboire qu'elle venait de donner : un shilling ! La moitié eût été largement suffisante. L'Ecossaise reprenait le dessus. Pour oublier cette regrettable largesse elle pensa de nouveau au drame.

Etrange effet du hasard : si le vent n'avait pas soulevé brusquement le store d'un compartiment, personne n'aurait *vu* le crime. Et le destin voulut qu'elle fût seule à pouvoir en témoigner.

Mais des voix s'élevaient sur le quai. Des portes furent bruyamment refermées ; un coup de sifflet et le train sortit lentement de la gare. Une heure plus tard, il s'arrêtait à Milchester. Mrs McGillicuddy rassembla hâtivement ses bagages et descendit de son wagon. Derechef, elle dut attendre l'arrivée d'un porteur. Ayant enfin trouvé l'aide nécessaire, elle se dirigea vers la sortie. Au-dehors, un taxi était en attente. Son conducteur surgit devant elle :

— Sans doute Mrs McGillicuddy, que je dois conduire à St. Mary Mead ?

Valise, paquets et parapluie furent introduits à grand-peine dans l'étroit véhicule et le départ eut lieu dans la nuit : un parcours de quinze kilomètres. A l'intérieur du taxi, Mrs McGillicuddy était incapable de se détendre ; elle ne pouvait même pas clarifier ses pensées. Enfin, la voiture traversa la rue principale d'un village qu'elle reconnut et arriva bientôt à destination.

Son cœur battant à tout rompre, la voyageuse descendit et, suivie du conducteur portant les bagages, elle emprunta une allée dallée jusqu'à la porte vitrée d'une grande villa. Là, une domestique d'un certain âge l'accueillit avec empressement. Le temps de lui adresser un rapide « Bonsoir », et la visiteuse s'engagea dans le hall où, devant l'entrée du salon, l'attendait une dame âgée, frêle d'aspect.

— Oh ! Elspeth ! s'écria celle-ci. Quelle joie ! Mais vous me semblez très nerveuse...

Nerveuse, en vérité, était Mrs McGillicuddy, car

avant même d'embrasser son amie, elle lança d'une voix haletante :
— Je viens d'être témoin d'un crime !

CHAPITRE II

Fidèle au principe que lui avaient inculqué sa mère et sa grand-mère — à savoir qu'une *dame* digne de ce nom ne doit jamais paraître choquée... ni surprise — miss Marple haussa gentiment les sourcils et dodelina la tête tout en parlant :
— Un tel spectacle a dû vous déprimer terriblement, Elspeth ! Mais ne croyez-vous pas qu'il serait préférable de me relater le tout sur-le-champ ?
Exactement ce que Mrs McGillicuddy désirait. Aussi se laissa-t-elle conduire auprès du feu. Puis, après s'être débarrassée de ses gants, elle prit la parole, sur un ton saccadé.
Miss Marple l'écouta avec une attention soutenue, et quand le récit fut terminé — son amie s'efforçant de reprendre son souffle — elle intervint avec fermeté :
— J'ai l'impression, ma chère, que le mieux serait de vous rendre dans votre chambre, où vous pourrez enfin enlever votre chapeau et faire un brin de toilette. Ensuite, nous souperons, laissant cette affaire totalement de côté. Nous reprendrons votre récit plus tard et nous l'étudierons sous tous ses aspects.

Mrs McGillicuddy se déclara d'accord. A table, donc, les dignes dames s'entretinrent des différents aspects de la vie, telle qu'elle se déroulait au village de St. Mary Mead. Entre autres, miss Marple fit allusion au scandale provoqué, récemment, par la conduite de la femme du pharmacien, sans oublier de mentionner le conflit qui opposait la maîtresse d'école aux autorités locales. Puis une grave discussion s'engagea sur les rigueurs de la saison, mais Mrs McGillicuddy donnait des signes d'impatience. Ce que voyant, son hôtesse l'invita à prendre place devant l'âtre et se dirigea vers un petit buffet d'où elle sortit deux verres et un flacon finement gravés.

— Pas de café pour vous ! dit-elle sur un ton sans réplique. Vos nerfs sont à bout et vous ne pourriez pas dormir. Je vous recommande mon vin de primevère et, plus tard, vous prendrez une tasse de camomille.

Résignée, Mrs McGillicuddy n'éleva aucune objection. Après avoir absorbé une gorgée du liquide offert — qui, à la vérité, ne lui parut pas désagréable — elle s'empressa de reprendre la parole :

— Jane ! Vous ne supposez pas, je pense, que j'ai rêvé tout ce drame... ou que je l'ai inventé ?

— Certainement pas, répliqua miss Marple avec chaleur.

Son amie ne put réprimer un profond soupir de satisfaction :

— Voilà qui me console de l'attitude du contrôleur ! Lui ne m'a pas crue. Très poli, en vérité, mais...

De sa voix douce, miss Marple l'interrompit :

— Compte tenu des circonstances, son attitude est explicable. Reconnaissez que cette histoire a dû lui paraître fantastique. D'autant que vous étiez une inconnue pour lui...

Déjà, Mrs McGillicuddy s'agitait.

— Extraordinaire aventure, reprit miss Marple, mais tout est possible sur cette terre. Il me revient qu'un certain jour, alors qu'un train roulait parallèlement à celui dans lequel j'avais pris place, j'ai pu observer tout ce qui se passait dans le compartiment qui me faisait face. Entre autres, une petite fille lança soudainement le petit ours en peluche avec lequel elle jouait à la tête d'un vieux monsieur qui sommeillait. Indigné, celui-ci sursauta, pour la plus grande joie des autres voyageurs. J'avais eu grandement le temps de me rendre compte de leur comportement et j'aurais pu décrire sans la moindre erreur leurs figures et leurs vêtements. Au fait, Elspeth, vous m'avez dit que l'étrangleur vous tournait le dos, donc il vous fut impossible d'entrevoir son visage ?

— Tout à fait impossible.

— Et la victime ? Pourriez-vous la décrire ? Etait-elle jeune ou âgée ?

— Plutôt jeune. Entre trente ou trente-cinq ans, oserais-je dire. Impossible de préciser.

— Jolie ?

— Comment le saurais-je ? Ses traits étaient distordus et sa langue...

— Je comprends parfaitement, interrompit miss Marple. Et comment était-elle habillée ?

— Elle portait un quelconque manteau de fourrure dont la couleur m'a semblé pâlie par l'usage. Pas de chapeau, des cheveux blonds.

— Bien que l'agresseur ne vous fît pas face, peut-être vous souvenez-vous d'un détail le concernant ?

Mrs McGillicuddy réfléchit longuement avant de répondre :

— Il était plutôt grand. Des cheveux noirs, je pense. Son épais pardessus ne me permettait pas de me rendre un compte exact de sa carrure.

Elle soupira et ajouta, quelque peu découragée :

— En somme, ces maigres informations ne facilitent guère les choses !

— Elles ne sont pas à dédaigner, assura miss Marple. Nous en saurons davantage demain matin.

— Demain matin ?

— Oui ! J'imagine que les journaux vont se saisir de l'affaire. Après le crime, un problème se sera posé à l'étrangleur : que faire avec un cadavre dans les bras ? Je présume qu'il ne lui restait qu'à sortir rapidement du train au premier arrêt... Au fait, s'agissait-il d'un wagon-couloir ?

— Aucunement !

— Ce qui prouverait que le train n'effectuait qu'un trajet relativement court. Quoi qu'il en soit, il s'est certainement arrêté à Brackhampton. Disons donc que l'homme est descendu dans cette gare, après avoir déposé sa victime dans un angle du compartiment. Sans oublier de rabattre le col du manteau de fourrure sur son visage, à seule fin de retarder la découverte du crime... Oui, j'ai l'impression très nette que les choses ont dû se passer ainsi. Donc, tôt ou tard, on a trouvé le cadavre. J'imagine qu'une femme étranglée dans un train ne laissera pas la presse indifférente. Nous verrons !

Aucune allusion au crime dans les journaux du matin. L'ayant constaté, miss Marple et Mrs McGillicuddy, toutes deux plongées dans un abîme de réflexions, achevèrent leur déjeuner en silence. Une promenade dans le jardin s'ensuivit, mais le charme habituel de cette sortie quotidienne fit place à une certaine gêne. Certes, miss Marple attira l'attention de son amie sur la beauté des massifs, mais sans grande conviction.

Un long silence, puis, comme mue par un ressort, Mrs McGillicuddy s'arrêta brusquement et dévisagea miss Marple :

— Alors ? dit-elle.

Un mot insignifiant, mais le ton sur lequel il avait été prononcé lui donnait tout le poids voulu. Miss Marple ne s'y trompa pas.

— Alors... j'ai réfléchi, répondit-elle.

Son vis-à-vis eut un léger sursaut.

— Je crois, poursuivit miss Marple, que nous pourrions nous rendre au poste de police et parler au sergent Cornish. Il est intelligent, sait écouter avec patience et nous nous connaissons bien. Tout porte à croire qu'il transmettra en haut lieu ce que nous lui exposerons.

C'est ainsi que, trois quarts d'heure plus tard, les deux dames se présentèrent devant un homme de trente à quarante ans dont le visage clair et avenant reflétait une certaine gravité. Il accueillit miss Marple avec une cordialité empreinte de déférence :

— Que puis-je faire pour vous, miss Marple ?
— Je désirerais que vous écoutiez Mrs McGillicuddy.

Ce qui fut accepté immédiatement.

Le récit terminé, le sergent demeura silencieux pendant quelques instants. S'efforçant de n'en rien laisser paraître, il n'avait cessé d'étudier le comportement de la narratrice et cet examen prolongé l'impressionna favorablement. Mrs McGillicuddy n'était pas une femme affligée d'une débordante imagination ou sujette à l'hystérie. D'autre part, miss Marple croyait à la sincérité de son amie, et il savait à quoi s'en tenir à son sujet. Tout le monde à St. Mary Mead connaissait la vieille demoiselle : indécise et agitée en apparence, mais, en réalité, d'esprit vif et sagace à souhait.

Le temps de s'éclaircir la voix, et Cornish s'adressa à Mrs McGillicuddy :

— Naturellement, vous pouvez avoir commis une erreur. Notez bien que je ne dis pas que ce soit le cas. Il s'agit seulement d'une possibilité. Parfois, des voyageurs agités s'ennuient dans un train ; aussi se livrent-ils à quelque fantaisie. Donc, il n'est pas exclu que toute cette affaire se résume à peu de chose.

Supposition qui fit tressaillir Mrs McGillicuddy.

— Je *sais* ce que j'ai vu ! dit-elle avec aigreur.

« Et elle ne veut pas en démordre, pensa le sergent. Je crois même, qu'en tout état de cause, il se peut qu'elle ait raison. »

Mais, à haute voix, il se montra plus circonspect :

— Vous avez averti les employés du chemin de fer et vous venez de me faire votre rapport. La procédure habituelle a donc été suivie et vous pouvez compter sur moi. L'enquête qui s'impose aura lieu.

Satisfaite, miss Marple remercia d'un gracieux signe de tête. Mrs McGillicuddy, elle, ne partageait pas cet optimisme, mais elle demeura silencieuse.

De nouveau, Cornish parla. Cette fois, il s'adressait à miss Marple. Non pas tant parce qu'il avait besoin qu'on lui suggérât des idées, mais plutôt parce qu'il désirait savoir ce qu'elle pensait du tout.

— Prenant en considération les faits tels qu'ils ont été exposés, qu'est-il advenu du cadavre, selon vous ?

— Il semble qu'il n'y ait que deux possibilités, répondit-elle sans hésiter. Naturellement, la première qui vient à l'esprit est que le corps a été laissé dans le compartiment, ce qui paraît improbable, maintenant ; sinon, on l'aurait sûrement enlevé au terminus ou au cours du nettoyage des wagons.

D'un geste, Cornish approuva.

— Dans ces conditions, reprit miss Marple, une seule issue restait à l'étrangleur : pousser sa victime hors du train en marche. Donc, le corps doit se trouver sur la voie et on ne l'a pas encore découvert. Pour autant que je puisse en juger, il n'y avait aucun autre moyen de disposer du cadavre.

Mrs McGillicuddy tint à placer son mot :

— On parle parfois de cadavres dissimulés dans des malles. Mais, de nos jours, les gens ne se servent que de valises, et comment cacher un corps humain dans un espace aussi réduit ?

Le sergent fut tenté de sourire, mais il était diplomate :

— Je suis d'accord avec vous deux, mesdames. Le cadavre, si cadavre il y a, doit être découvert à l'heure présente, ou il le sera très rapidement. De toute manière, je m'empresserai de vous communiquer tout ce que j'apprendrai à ce sujet. Entre-temps, il convient de ne pas écarter une éventualité : bien qu'attaquée sauvagement, la jeune femme n'est peut-être pas morte. Même, il n'est pas exclu qu'elle ait pu sortir du train.

— Pas sans aide, fit remarquer miss Marple. Et, dans ce cas, l'attention des voyageurs se serait portée non seulement sur son état, mais également sur la personne qui l'assistait et qui, interrogée, n'aurait pas manqué de répondre qu'elle était malade.

— Parfaitement raisonné ! ponctua Cornish. Et si une femme souffrante ou sans connaissance a été trouvée dans un compartiment ou ailleurs, soyez certaine qu'un transfert immédiat à l'hôpital s'en est suivi ; les rapports de police en feront foi. Vous entendrez parler de cette affaire à bref délai.

Mais la journée se passa sans nouvelles et il en fut de même pour la suivante. Toutefois, tard dans la soirée, miss Marple reçut un message du sergent Cornish :

Une enquête approfondie a été faite au sujet de l'affaire dont vous m'avez entretenu, mais sans résultat. Aucun cadavre n'a été trouvé. Aucun hôpital n'a admis une femme telle que vous l'avez décrite, et on n'a relevé aucune trace d'une quelconque personne ayant quitté une gare avec l'assistance d'un tiers. Soyez assurée que toutes les recherches possibles ont été effectuées. Puis-je suggérer que votre amie peut avoir vu une scène dans le genre de celle qu'elle a décrite, mais qu'en fait, les choses étaient moins sérieuses qu'elle ne l'a supposé ?

CHAPITRE III

1

— Moins sérieuses ! Quelle plaisanterie ! s'écria Mrs McGillicuddy, indignée. Il s'agit bel et bien d'un crime.

Du regard, la digne dame défiait son amie, par ailleurs impassible.

— N'hésitez pas, Jane, reprit Mrs McGillicuddy, décidément de méchante humeur. Dites-moi, vous aussi, que j'ai commis une erreur ou bien que j'ai inventé tout ce drame. C'est ce que vous pensez, n'est-ce pas ?

— N'importe qui peut commettre une erreur, répondit posément miss Marple. Oui, n'importe qui, même vous, Elspeth ; mais je suis presque certaine que vous ne vous êtes pas trompée. En revanche, il ne *vous* reste plus rien à faire.

Si son interlocutrice avait été apte à comprendre les inflexions, l'importance donnée au mot « vous » ne lui eût pas échappé.

— N'avez-vous pas alerté le chef de gare de Brackhampton et donné toutes les explications voulues à la police ?

Contre toute attente, Mrs McGillicuddy se calma.

— Dans un sens, je me sens soulagée, dit-elle, car, vous le savez, je pars pour Ceylan immédiatement après les fêtes de Noël et je ne tiens pas à ajourner un voyage que j'attends avec impatience. Notez, toutefois, que je m'y résignerais si mon devoir l'exigeait.

— J'en suis certaine, Elspeth, mais, je le répète, votre présence serait inutile.

— En somme, tout dépend de la police. Et, s'il plaît à celle-ci d'être stupide...

— La police n'est pas stupide, ma chère. Ce qu'il faut savoir, c'est ce qui a vraiment eu lieu.

L'étonnement de Mrs McGillicuddy prouvait amplement qu'elle ne saisissait pas la portée de cette remarque. Incompréhension qui confirma à miss Marple que si son amie avait d'excellents principes, en revanche, l'imagination lui faisait totalement défaut.

— Une femme a bien été étranglée! coupa Mrs McGillicuddy, nerveuse de nouveau.

— D'accord, mais qui l'a tuée, pour quel motif, et qu'est-il advenu du cadavre?

— A votre fameuse police de le rechercher!

— Exactement! Cependant, elle ne l'a pas encore trouvé. Déduction : l'assassin a fait preuve d'adresse, de beaucoup d'adresse. En somme, un homme a tué dans un accès de fureur, sans préméditation, est-il permis de préciser, car il n'est guère probable qu'il ait délibérément choisi de commettre son crime quelques minutes avant une entrée en gare. Donc, une scène de jalousie a dû se dérouler et c'est à son point culminant que le forfait a été commis.

Et miss Marple sombra dans ses pensées. Si profondément que Mrs McGillicuddy l'interpella à deux reprises sans obtenir de réponse.

— Vous êtes devenue sourde, Jane? s'écria-t-elle.

— Peut-être! Il me semble que les gens n'articulent

plus aussi clairement qu'autrefois. Cependant, il serait inexact d'en déduire que je n'ai pas entendu votre voix ; je n'écoutais pas, voilà tout.

Quelque peu vexée, son amie reprit la parole :
— J'ai simplement fait allusion aux trains pour Londres. Arriverai-je assez tôt dans la capitale, si je pars dans le courant de l'après-midi ? Je dois prendre le thé avec ma cousine.

— Peut-être le train de midi quinze vous conviendrait-il ? Nous aurions ainsi le temps de déjeuner ensemble. De bonne heure, s'entend.

— Evidemment, mais...

Prévenant une objection, miss Marple reprit aussitôt :

— ... Et je me demande si votre cousine serait vraiment déçue si vous n'arriviez pas à temps pour le thé.

Mrs McGillicuddy se prit à regarder son amie avec quelque inquiétude.

— Qu'avez-vous en tête, Jane ?

— Puis-je suggérer de nous rendre ensemble à Londres ? Ensuite, nous ferions le trajet en sens contraire jusqu'à Brackhampton, et dans le train que vous avez pris pour venir me voir. Il ne vous resterait qu'à regagner la capitale tandis que je reviendrai seule chez moi... Oh ! dois-je ajouter que je paierai les billets ?

Miss Marple appuya sur ce détail avec fermeté. Ne connaissait-elle pas son amie, qui ne parut pas s'émouvoir de cette précision ? Toutefois, la proposition d'un double voyage étonnait Mrs McGillicuddy.

— Qu'espérez-vous donc ? demanda-t-elle. Un autre assassinat ?

— Certainement pas, répondit l'interpellée, plutôt choquée. Mais j'avoue que je désirerais me rendre compte personnellement — et selon vos propres indications — du... voyons, comment dit-on exactement ? Ah ! je me souviens : me rendre compte du cadre du crime.

Et, le jour suivant, dès leur arrivée à la gare de Londres-Paddington, les deux amies s'empressèrent de prendre place dans le fameux 16 h 50. Seules dans leur compartiment de premières, et se faisant face, elles occupaient deux coins.

Cette fois, aucun train ne roula parallèlement au leur. A plusieurs reprises, des rapides en direction de Londres surgirent et disparurent en trombe. Chaque fois, Mrs McGillicuddy, qui ne cessait de consulter sa montre, sursautait. Le temps passait et elle se décida à répondre aux regards interrogateurs de son vis-à-vis :

— Il m'est difficile de vous dire avec certitude l'heure à laquelle nous sommes passés devant une gare qu'il me faut d'abord reconnaître !

— Nous serons à Brackhampton dans cinq minutes, fit remarquer miss Marple.

A ce moment, un contrôleur surgit dans le compartiment. Miss Marple jeta un coup d'œil sur son amie, mais celle-ci lui fit comprendre qu'il ne s'agissait pas de celui à qui elle avait parlé immédiatement après le crime. Après avoir poinçonné les billets, l'homme s'éloigna, chancelant quelque peu, alors que le train s'engageait dans une courbe.

— Voici Brackhampton ! dit miss Marple, quelques instants plus tard.

De fait, le train réduisait sa vitesse au croisement

des voies. Maussade, Mrs McGillicuddy crut devoir résumer ses impressions :

— Je ne saurais dire que ce double voyage ait été d'une quelconque utilité. Vous a-t-il suggéré quelque chose, Jane ?

— Je crains que non, répondit miss Marple, d'une voix incertaine.

— Un regrettable gaspillage d'argent ! ponctua Mrs McGillicuddy.

Peut-être eût-elle insisté sur ce point si miss Marple n'avait pas formellement refusé le partage des frais.

Et ce fut l'entrée habituelle dans une grande gare : portes ouvertes ou claquées, voyageurs se bousculant sur les quais. Spectacle dont miss Marple tira une première conclusion : il devait être facile, pour un homme seul, de se mêler à la foule et, profitant des remous incessants, de sortir discrètement de la gare, même de monter dans un autre wagon du train qu'il venait de quitter. Oui, tout cela était faisable. En revanche, comment faire disparaître un cadavre, dans les airs pour ainsi dire ? Deuxième conclusion : n'ayant pas été retrouvé dans le compartiment du crime, ledit cadavre devait être dans un endroit auquel personne n'avait encore pensé.

Descendue sur le quai pour reprendre son train en direction de Londres, Mrs McGillicuddy prit congé de son amie.

— Ecrivez-moi, Jane, dit-elle ; mais n'oubliez pas, avant de vous lancer dans une nouvelle aventure, que vous n'êtes plus tellement jeune !

Tandis qu'elle s'éloignait, miss Marple jeta un dernier regard sur son imposante stature : Elspeth partirait pour Ceylan avec une conscience au repos, pensait-elle ; elle avait fait tout son devoir et se sentait libre de toute obligation.

Après le départ de son propre train, miss Marple ne s'accorda aucune détente. Assise dans un coin, tête droite, elle donna libre cours à ses méditations. Elle se trouvait face à un problème qu'elle entendait résoudre : définir la ligne de conduite qu'elle devait suivre. Etrangement peut-être, elle avait l'impression — semblable en cela à son amie — que ce problème se posait sous l'angle d'un devoir à remplir.

Certes, Mrs McGillicuddy pensait qu'elles avaient toutes deux fait l'impossible. Ce qui était vrai pour sa visiteuse. Mais, à la réflexion, miss Marple n'aurait pu l'affirmer pour elle-même. Doute qui l'amena à songer que, dans ce genre d'affaires, la réussite était, en somme, une question de doigté, voire de dons personnels. Mais, de sa part, une telle déduction ne trahissait-elle pas quelque vanité ? Peut-être et, tout compte fait, quelle décision prendre ? Un moment, elle retint l'avertissement que lui avait donné Mrs McGillicuddy : « Vous n'êtes plus tellement jeune... »

Mais son hésitation fut de courte durée. Déjà, tel un général élaborant un plan de campagne, ou un comptable calculant les bénéfices d'une maison de commerce, elle dressait une liste des arguments pour ou contre la poursuite de ses recherches.

Au crédit, elle nota :

1° Ma longue expérience de la vie et des humains.

2° L'amitié que me témoigne sir Henry Clithering. Son filleul est, je crois, à Scotland Yard.

3° David, le deuxième fils de mon neveu Raymond

West, appartient, j'en suis presque certaine, à l'administration des chemins de fer.

4' Léonard, le fils de mon amie Griselda, la femme du pasteur, collectionne toutes les cartes routières ou autres.

Miss Marple s'attardait sur ces arguments favorables. Ne fût-ce que pour atténuer les points « faibles » de son examen. Et, à propos de faiblesse, elle ne devait pas oublier celle de son état physique.

« Je ne suis plus à l'époque où je pouvais me rendre çà et là, partout, en somme, pour faire les enquêtes nécessaires et percer un mystère », pensait-elle.

Bien que, compte tenu des années, sa santé fût relativement satisfaisante, miss Marple était bel et bien *vieille*. Et le docteur Haydock ayant jugé nécessaire de lui interdire de jardiner, comment espérer que le praticien lui permettrait de se lancer à la poursuite d'un assassin ? Car c'était exactement cela qu'elle envisageait. Trancherait-elle le nœud gordien ? Il lui fallait prendre elle-même toutes ses responsabilités. *Elle-même*, se répétait-elle. Autrefois, la recherche de l'auteur d'un crime lui avait été imposée par les événements, alors que, dans le cas présent, la décision devait être prise par elle seule.

A ce stade de ses réflexions, miss Marple n'était plus convaincue qu'elle voulait vivre une nouvelle aventure : après une journée exténuante, elle éprouvait une grande répugnance à mettre au point un quelconque projet. Son seul désir était de rentrer chez elle au plus vite, de s'asseoir auprès du feu et, après un léger souper, de se coucher. Le lendemain, elle flânerait gentiment dans son jardin, évitant, bien entendu, de se fatiguer.

Résignée, miss Marple se rapprocha de la fenêtre de son compartiment, au moment précis où la courbe d'un remblai s'offrait à sa vue. Une courbe...

Lentement, *quelque chose* lui revint à l'esprit, un petit fait, immédiatement après le poinçonnage des billets par le contrôleur, et avant l'arrivée du train à Brackhampton.

Voilà qui lui suggérait une idée ! Simplement une *idée* mais totalement différente de...

Le visage de miss Marple se teinta d'un rose léger et, soudain, la vieille demoiselle ne ressentit plus aucune fatigue. « J'écrirai dès demain à David », se dit-elle. Et, aussitôt, la vision d'un autre atout d'importance jaillit dans son cerveau : « ... Que n'ai-je pensé plus tôt à ma fidèle Florence ! »

2

Sans hésiter, miss Marple étudia de nouveau son plan d'action avec tout le soin voulu, et tenant compte des vacances de Noël qui constituaient ce qu'elle appelait un « facteur de retardement ». Du moins, profita-t-elle de l'envoi des vœux habituels pour demander à son petit-neveu, David West, de lui donner certains renseignements de toute urgence.

D'autre part, le traditionnel dîner que le pasteur offrait, à la cure même, lui permit d'engager une conversation appropriée avec Léonard, venu passer les fêtes chez son père. Ce jeune homme se passionnaît, on le sait, pour les cartes routières, et il était inévitable que miss Marple cherchât à en tirer profit : ne désirait-elle pas étudier celle qui, grâce à sa grande échelle, lui permettrait de se familiariser avec les environs ?

Léonard ne chercha pas à deviner les mobiles secrets de sa vieille amie ; mais il s'empressa de lui donner satisfaction, sous la promesse que la carte ainsi prêtée lui serait rendue dès que possible.

-:-

En temps voulu, miss Marple, reçut une lettre de Daniel West :

Chère tante Jane, qu'allez-vous entreprendre ? Quoi qu'il en soit, voici ma réponse :

Deux trains seulement sont susceptibles de vous intéresser, celui de 16 h 33 et celui de 17 heures. Le premier est un omnibus ; le second n'est autre que le rapide « gallois ». Souvent, l'omnibus devance votre 16 h 50 à l'arrivée à Brackhampton ; quant au rapide, il le double certainement avant la même ville.

Dois-je conclure à un scandale de village assez corsé ? Au cours d'un voyage, auriez-vous aperçu, par hasard, la femme du maire dans les bras de l'inspecteur de la voirie ? Un petit week-end sentimental en somme. Merci pour le pull-over. Exactement ce que je désirais.

Votre neveu affectionné,

David.

Miss Marple esquissa un sourire avant d'étudier les renseignements ainsi donnés. Mrs McGillicuddy avait été formelle : pas de wagon-couloir dans le train du crime. Donc, il ne s'agissait pas du rapide « gallois ». Restait l'omnibus de « 16 h 33 ». Aucun doute, un nouveau déplacement s'imposait.

En conséquence, le jour suivant, miss Marple repartit pour Londres. Pour le retour, elle choisit, naturellement, le « 16 h 33 », le train du crime. Peu de monde : la vieille demoiselle était seule dans son compartiment. Trajet sans incident. Aux arrêts, quelques déplacements de voyageurs, sans plus. Avant d'atteindre Brackhampton, le train s'engagea dans la courbe déjà repérée. Miss Marple s'empressa de se lever et, à titre d'expérience, elle resta debout, le dos tourné à la fenêtre dont elle avait baissé le store.

Elle put ainsi constater que le balancement provoqué par la courbe et les ralentissements successifs de vitesse étaient susceptibles de faire perdre l'équilibre à une personne non assise et, même, de la projeter vers la fenêtre, déplaçant ainsi le store. Miss Marple regarda au-dehors, mais la tombée du jour ne facilitait guère un examen approfondi.

La ténacité n'était pas la moindre qualité de la vieille demoiselle. Aussi, le lendemain matin, choisit-elle le premier train en partance. Elle profiterait de son court séjour à Londres pour faire quelques achats. Ne lui fallait-il pas une excuse ? Ses emplettes terminées, miss Marple revint à la gare de Paddington et monta dans le train de midi dix.

Environ un quart d'heure avant l'arrivée à Brackhampton, miss Marple se saisit de la carte prêtée par

Léonard et observa attentivement le paysage. Cette carte, elle l'avait étudiée dans ses moindres détails, aussi lui fut-il facile d'identifier l'endroit où se trouvait exactement le train quand il s'engagea dans la courbe. Une longue courbe, en vérité ! Le nez collé à la fenêtre, miss Marple regardait attentivement le terrain situé en contrebas, le train roulait sur un remblai assez haut. Puis son attention se porta sur les alentours. Déjà, la gare de Brackhampton se profilait.

Le soir même, miss Marple adressa une lettre à Florence Hill, 4, Madeson Road, Brackhampton. Le matin suivant, s'étant rendue à la bibliothèque municipale, elle étudia longuement l'annuaire de la ville et le dictionnaire géographique du comté, sans oublier un livre d'histoire locale.

Jusqu'à ce moment, rien n'avait troublé l'idée, encore floue, qui occupait son esprit. Donc, ce qu'elle avait entrevu demeurait *possible*. Et elle se devait de pousser les choses plus loin.

Mais la deuxième phase de son action exigeait des efforts. Cette sorte d'efforts que, physiquement, elle était incapable de faire. En conséquence, pour prouver le bien-fondé de sa théorie — ou la voir s'effondrer, selon le cas — il lui fallait obtenir le concours d'un tiers.

Miss Marple songea à plusieurs personnes, mais, hélas ! sans résultat : ou elles ne possédaient aucune des qualités requises, ou celles dont l'intelligence eût pu être mise à profit, étaient trop occupées pour se lancer dans des recherches problématiques.

Perplexe, la vieille demoiselle désespérait déjà,

quand son visage s'éclaircit soudainement et un nom lui échappa :
— Lucy Eyelessbarrow !

CHAPITRE IV

1

Le nom de Lucy Eyelessbarrow — elle avait trente-deux ans — faisait déjà écho dans certains milieux. De brillants succès obtenus à Oxford (section mathématiques) lui auraient permis un avancement rapide dans l'enseignement, mais aux capacités intellectuelles de cette jeune femme s'ajoutait une large dose de bon sens qui lui fit rapidement comprendre que le professorat était une carrière plus qu'ingrate.

Par surcroît, la fréquentation des universitaires l'horripilait. Un irrésistible penchant la portait à préférer ces personnes mêmes dont le niveau de culture était inférieur au sien — et elles étaient nombreuses ! — sans pour autant s'attarder auprès de l'une ou de l'autre. Lucy Eyelessbarrow aimait le changement. Enfin, l'argent ne la laissait pas indifférente, et elle l'admettait sans réticence.

Chacun sait que, pour satisfaire ce besoin, il importe de trouver une branche d'activité qui ne soit pas encombrée. Lucy n'y faillit pas : les travaux domestiques n'étaient-ils pas dédaignés par ceux-là mêmes qui étaient qualifiés pour les superviser ? A la stupéfaction de son entourage, la diplômée d'Oxford s'engagea dans cette voie.

Son succès fut immédiat et durable. A un tel point qu'il n'était pas rare d'entendre des maîtresses de maison dire à leurs maris : « Cette fois, je vous accompagne aux Etats-Unis. Ne me suis-je pas assuré les services de Lucy Eyelessbarrow ? »

Et elles n'exagéraient nullement : cette parfaite gouvernante s'occupait de tout et voyait tout. Sa compétence s'étendait aux personnes âgées, aux malades, aux enfants. Elle savait agir avec tout le tact voulu à l'égard des personnes dont on dit qu'elles sont « impossibles », même des fervents de la dive bouteille. Enfin, sa patience avec les animaux les plus rétifs était sans bornes. Une perle !

Les sollicitations devinrent si nombreuses que Lucy se décida à n'accorder son concours qu'aux familles dont le comportement répondait exactement à ses goûts tout personnels.

C'est dans cet état d'esprit que la jeune femme reçut la lettre de miss Marple. Elle avait fait la connaissance de celle-ci deux ans auparavant, alors que Raymond West, dont il a été déjà question, eut la possibilité de l'envoyer auprès de la vieille demoiselle qui relevait d'une pneumonie.

Ecartant ce souvenir, Lucy Eyelessbarrow lut et relut le message dans lequel miss Marple lui demandait si elle accepterait de se charger d'une mission — « mission sortant de l'ordinaire », était-il précisé — et de lui fixer un rendez-vous, à seule fin de discuter.

La jeune femme restait perplexe : n'avait-elle pas déjà de nombreux engagements ? Toutefois, l'expression « sortant de l'ordinaire » retint son attention et la vive sympathie qu'elle éprouvait pour sa correspondante l'emporta sur toute autre considération. Aussi téléphona-t-elle sur-le-champ à miss Marple pour l'informer qu'elle pourrait la rencontrer dès le lendemain à Londres et à son propre club. Suggestion qui fut acceptée avec empressement.

En conséquence, un entretien se déroula à l'endroit convenu. Le calme qui y régnait assurait une parfaite discrétion. Après les compliments d'usage, Lucy entra dans le vif du sujet :

— Je crains que mon temps ne soit pris pour plusieurs mois, mais il conviendrait peut-être de me préciser la tâche que vous désirez me confier ?

— Une tâche très simple, en vérité ! répondit miss Marple sans s'émouvoir. Très simple... mais inattendue : je voudrais que vous trouviez un cadavre.

Lucy ne cilla pas, mais un doute effleura son esprit : la vieille demoiselle jouissait-elle de toutes ses facultés ? Fâcheuse impression qui se dissipa aussitôt : miss Marple avait la réputation d'être parfaitement équilibrée ; en conséquence, elle devait avoir pleine conscience de ses paroles.

— Quel cadavre ? s'enquit donc Lucy sans s'émouvoir.

— Celui d'une femme qui a été assassinée — étranglée, pour être précise — dans un train, repartit non moins posément miss Marple.

— Voilà qui est inattendu ! Voulez-vous me donner quelques détails ?

A la fin du récit, écouté avec la plus grande attention, Lucy se permit une remarque :

— Tout dépend de ce que Mrs McGillicuddy a vu... ou cru voir..

Ce qui équivalait à poser une question.

Miss Marple n'hésita pas.

— Elspeth n'a pas pour habitude d'imaginer quoi que ce soit. C'est la raison pour laquelle je me fie à son témoignage. Comprenez-moi bien mon amie appartient à ce genre de femmes qui éprouvent la plus grande difficulté à se persuader qu'un fait extraordinaire — voire un incident sortant quelque peu de la routine — puisse survenir Réfractaire à l'autosuggestion, elle fait penser à un bloc de granit

— Je comprends, dit Lucy. Mais pourquoi vous adresser à moi ?

— Vous m'avez fait une forte impression pendant votre séjour chez moi, repartit gentiment miss Marple, et, voyez-vous, je n'ai plus la force physique de me déplacer souvent

— En conséquence, ponctua Lucy, vous désirez que j'entreprenne des recherches. Mais la police n'a-t-elle pas déjà fait le nécessaire ?... Ou pensez-vous qu'elle n'a pas pris l'affaire au sérieux ?

— Oh ! nullement. Il s'agit simplement d'une théorie toute personnelle touchant la disparition du cadavre. Le fait est qu'il doit se trouver quelque part Aucun indice n'ayant été relevé dans le train, quelqu'un l'a certainement poussé au-dehors et, cependant, personne ne l'a encore aperçu sur la voie C'est pourquoi j'ai entrepris le voyage dans les deux sens, à seule fin de me rendre compte s'il avait été possible de faire basculer un corps dans un endroit difficilement repérable à première vue.. et il y en a *un* ! Avant l'arrivée à Brackhampton, la voie suit une longue courbe qui oblige les convois à s'engager sur un remblai assez élevé. Vous devinez qu'un corps projeté d'un train légèrement incliné tomberait inévitablement au bas dudit remblai.

— D'accord ! Toutefois, si les choses s'étaient passées ainsi, on eût dû le retrouver aisément.

— Je n'en disconviens pas. A une condition, toutefois...

— Laquelle ?

— Qu'il fût laissé sur place ! Or, *on* l'a sûrement enlevé... Nous parlerons de cela plus tard. Pour le moment, regardez plutôt sur cette carte où se trouve l'endroit auquel je viens de faire allusion.

Lucy se pencha tandis que, pointant un doigt, miss Marple expliquait :

— Il est situé en bordure du parc indiqué ici, presque à la lisière de Brackhampton. La propriété qui se trouve au milieu de ce parc s'appelle *Rutherford Hall*. Elle a été construite, en 1884, par un riche industriel appelé Josiah Crackenthorpe et, à cette époque, elle était pratiquement isolée. Maintenant, des immeubles de rapport et des pavillons l'entourent pratiquement. Sans oublier la voie ferrée. L'héritier de l'industriel, Luther, l'habite avec sa fille, m'a-t-on dit.

— Et qu'attendez-vous de moi ?

La réponse fut immédiate :

— Je désire que vous obteniez un emploi à *Rutherford Hall*. Ce qui semble facile, à en juger par les annonces parues dans le journal local et qui ne m'ont nullement étonnée : les gens ne cessent de se plaindre de la difficulté qu'ils éprouvent à se faire aider chez eux.

— D'accord sur ce point, ponctua Lucy.

Miss Marple toussota avant de reprendre la parole :
— Je crois savoir que Mr Luther Crackenthorpe est quelque peu avare. C'est pourquoi, s'il vous offre un salaire minime, je suis prête à le compléter, c'est-à-dire à vous assurer une somme qui, je pense, dépasserait la norme.

— En raison des difficultés que présenterait ma mission, je suppose ?

— Le mot « danger » serait plus approprié, car il peut y en avoir. Il convient de ne pas l'ignorer.

— Je n'ai pas l'impression, répondit Lucy, devenue pensive, que l'idée de danger puisse m'influencer.

— Exactement ce que je pensais. Vous n'êtes pas de ces personnes qui la prennent en considération.

— Ce qui signifie que, dans votre esprit, le risque devrait m'attirer. La vérité est que je n'ai guère connu le danger jusqu'à présent. Mais pensez-vous vraiment que, dans ce cas particulier, il y en ait ?

— Réfléchissez. Quelqu'un a commis un crime. Un crime très réussi : ni accroc, ni soupçon valable. Deux dames âgées ont raconté une histoire plutôt invraisemblable à la police et l'enquête de celle-ci n'ayant pas abouti, l'affaire a été classée. Dans ces conditions, je n'ai pas l'impression que le coupable tienne particulièrement à son exhumation — encore moins à la réussite de vos propres recherches.

— De toute évidence ! Et à quoi devrais-je m'employer en premier lieu ?

— A trouver des indices à proximité du remblai qui, vous le savez, longe le parc : un morceau d'étoffe ou un objet quelconque, que sais-je ? Sans oublier de vérifier l'état des buissons.

— Et que ferai-je si je découvre quoi que ce soit ?

— Je vais m'installer à proximité. Mon ancienne bonne, Florence, s'est retirée à Brackhampton où elle tient une pension de famille fort bien cotée. Je me suis fait réserver un petit appartement où je serai soignée comme chez moi. Pour votre part, il serait bon de mentionner que votre vieille tante demeure dans les environs et que vous tenez à avoir un emploi non loin d'elle, sans oublier de vous assurer les moments de liberté qui vous permettront de lui rendre visite.

Lucy n'hésita pas.

— Je devais partir en voyage après-demain, mais cela peut attendre. Toutefois, je n'aurai que trois semaines disponibles.

— Voilà qui suffira amplement, assura miss Marple. Si nous ne trouvons rien au cours de ce délai, j'abandonnerai. Autant courir après un merle blanc !

Après le départ de miss Marple, Lucy réfléchit pendant quelques minutes, puis elle téléphona au bureau de placement de Brackhampton pour informer la directrice, une amie précisément, qu'elle désirait obtenir un emploi à proximité de cette ville à seule fin de ne pas s'éloigner d'une parente âgée. Plusieurs offres lui furent transmises ; elle les déclina adroitement, jusqu'au moment où sa correspondante fit allusion à *Rutherford Hall*.

— Voilà qui me convient parfaitement ! dit alors Lucy avec décision.

Le bureau se mit en rapport avec miss Crackenthorpe et, deux jours plus tard, Lucy quittait Londres à destination de sa nouvelle résidence.

2

Conduisant sa petite auto, Lucy Eyelessbarrow franchit deux grandes grilles de fer, d'aspect imposant. Sur un côté se trouvait ce qui avait dû être le minuscule pavillon réservé au concierge ; il tombait en ruine. Dommage de guerre ou négligence. Une allée sinueuse, bordée d'épais massifs dont le désordre faisait ressortir la monotonie, aboutissait devant le perron du bâtiment principal, sorte de château de Windsor en miniature. La visiteuse faillit perdre la respiration à la vue de l'escalier de pierre en piteux état et de l'herbe qui envahissait les alentours.

Remise de cette courte émotion, Lucy tira sur la chaîne rouillée qui mit en branle une vieille cloche dont l'écho résonna lugubrement à l'intérieur de la vaste demeure. Quelques instants s'écoulèrent avant qu'une femme d'aspect souillon ouvrît lentement la porte. Tout en s'essuyant les mains sur un tablier douteux, elle dévisagea Lucy avec insistance.

— Etes-vous la personne attendue, la demoiselle au nom impossible à prononcer ? demanda-t-elle d'un ton rogue.

— Sans aucun doute, répliqua l'interpellée sans sourciller.

La domestique haussa les épaules et fit signe à Lucy de la suivre dans le hall où régnait un froid intense et à l'extrémité duquel elle ouvrit une porte d'un geste sec. A sa grande surprise, Lucy pénétra dans un salon d'aspect plaisant : d'abord une bibliothèque remplie de livres aux luxueuses reliures retenait le regard.

— Je vais prévenir mademoiselle, dit la femme de charge toujours revêche.

Elle sortit après avoir fait claquer la porte. Quelques instants s'écoulèrent, puis celle-ci s'ouvrit de nouveau et, dès le premier coup d'œil, Lucy comprit qu'Emma Crackenthorpe lui plairait.

La fille du propriétaire de *Rutherford Hall* était une femme entre deux âges, ni belle ni dépourvue d'attrait avec ses cheveux noirs rejetés en arrière, ses yeux couleur noisette au regard franc. Une jupe en tweed et un pull-over assortis dénotaient un certain goût. La voix ne manquait pas de charme.

— Miss Eyelessbarrow ? s'enquit-elle en tendant une main.

Cependant, Emma Crackenthorpe semblait soucieuse.

— Je me demande si l'emploi que je peux vous offrir vous conviendra. A vrai dire, je n'ai pas besoin d'une gouvernante chargée de superviser ; il me faut une personne qui fasse réellement le travail.

Sans hésitation, Lucy répondit que ce souci était exactement celui de la plupart des employeurs, mais son interlocutrice avait encore des scrupules.

— Beaucoup de gens pensent qu'un simple époussetage suffit. Mais j'effectue moi-même ce léger travail.

— Je comprends parfaitement : vous désirez que je me charge de la cuisine et de la lessive. Exactement ce que je suis capable de faire.

— Notre maison est grande et, je le crains, la disposition des pièces ne facilite pas la tâche. Toutefois, nous n'en occupons qu'une partie, mon père et moi. Il me faut ajouter que papa est presque un invalide. J'ai plusieurs frères, mais on ne les voit pas souvent. Oh ! j'allais oublier : deux femmes de ménage sont attachées à notre service. L'une, Mrs Kidder, vient le matin ; l'autre, Mrs Hart, est chargée du nettoyage des cuivres ou d'autres besognes, ce qui l'emploie trois après-midi par semaine. Au fait, je crois comprendre que vous avez une voiture ?

— Oui, mais elle peut rester en plein air, s'il n'y a aucun endroit pour la garer. Elle en a l'habitude !

— Il n'en est pas question : nous avons de nombreuses écuries inoccupées. Aucun ennui à ce sujet, donc.

Miss Crackenthorpe réfléchit un instant avant de poser une nouvelle question :

— Votre nom est peu répandu. Or, des amis à moi, les Kennedy, m'ont parlé d'une Lucy Eyelessbarrow. Serait-ce...

— Précisément, j'étais chez eux quand Mrs Kennedy a eu un bébé.

Un large sourire éclaira le visage d'Emma.

— ... et elle m'a dit que la famille n'avait jamais été aussi heureuse. Cependant, je craignais que votre salaire ne fût trop élevé. La somme que j'ai mentionnée à l'agence...

— ... Est parfaitement suffisante ! Voyez-vous, je désirais être près de Brackhampton où demeure une tante âgée dont la santé laisse à désirer. La question de salaire est donc secondaire. Toutefois, je ne puis me permettre de rester sans emploi. A propos, pourrais-je disposer de quelques moments de liberté ?

— Sans aucun doute ! Chaque après-midi jusqu'à dix-huit heures, si cela vous convient.

— Voilà qui me semble parfait !

De nouveau, miss Crackenthorpe eut un moment d'hésitation, puis après avoir toussoté, elle reprit la parole :

— Je vous ai déjà dit que mon père n'était pas en bonne santé, mais il me faut préciser que son caractère laisse à désirer. Entre autres travers il est très porté sur l'économie et, parfois, il tient des propos qui sont loin d'être plaisants. Je ne voudrais pas que...

— N'ayez aucune inquiétude, coupa Lucy. J'ai l'habitude des vieillards et je parviens toujours à m'entendre avec eux.

Miss Crackenthorpe sembla rassurée. Pour sa part, Lucy avait l'impression que le père et la fille n'étaient pas toujours d'accord. « L'homme doit être un vieux Cosaque », pensait-elle. Quoi qu'il en fût, la maîtresse de maison la conduisit dans la chambre qui lui était réservée : spacieuse, mais lugubre. Un petit radiateur électrique était supposé la chauffer. Mais la nouvelle locataire n'eut pas le temps de s'en assurer, car Emma s'empressa de lui faire visiter la maison, décidément aussi vaste que peu accueillante.

Alors qu'elles passaient devant une porte, une voix rugit :

— Est-ce vous, Emma ? La « fille » est-elle arrivée ? Amenez-la-moi, je veux voir de quoi elle a l'air !

Confuse, miss Crackenthorpe regarda anxieusement Lucy, mais celle-ci la rassura du regard, et toutes deux pénétrèrent dans une grande chambre aux murs tapissés d'un velours grenat. Des fenêtres étroites ne laissaient filtrer qu'une faible lumière, toutefois on pouvait se rendre compte que la pièce était encombrée de meubles en acajou, dont le style faisait fureur au temps de la reine Victoria.

Le vieux Crackenthorpe était étendu sur une chaise longue, et une canne à pommeau d'argent se trouvait à portée de l'une de ses mains.

De haute taille, le maître de *Rutherford Hall* était plutôt rébarbatif. Des bajoues et un menton en bataille évoquaient assez bien la tête d'un bulldog. Sa chevelure noire et épaisse était parsemée de gris. La méfiance se lisait dans ses yeux, très petits et clignotants.

— Laissez-moi jeter un coup d'œil sur vous ! dit-il brusquement à Lucy qui, souriant légèrement, s'avança vers lui.

Mais le vieillard ignora ces bonnes dispositions.

— Il y a une chose qu'il vous faut savoir immédiatement. Le fait de demeurer dans une grande maison ne signifie pas qu'on ait de la fortune. Nous ne sommes pas riches ; donc, nous vivons simplement. Très simplement. En toutes occasions, le cabillaud est aussi bon que le turbot : ne l'oubliez jamais, car je ne tolère aucun gaspillage. Si je vis ici, c'est parce que mon père a fait construire cette maison, et je m'y plais. Après ma mort, *on* pourra la vendre et je sais qu'*on* le fera. Aucun sens de la famille, maintenant ! Et *on* oubliera que le parc nous défend contre le monde extérieur. Evidemment, si tout était liquidé pour bâtir des immeubles, une somme formidable serait encaissée, mais cela n'arrivera pas de mon vivant ; il faudra attendre que je sorte, les pieds devant.

Son regard s'attarda sur Lucy qui l'avait écouté avec attention.

— En somme, cette maison est votre château, dit-elle simplement.

— Vous vous moquez de moi !

— Nullement ! Je pense qu'il est réconfortant d'avoir une véritable propriété de campagne entourée par la ville.

— Exact ! Quand le vent souffle dans une certaine direction, on entend vaguement le trafic de Brackhampton, mais, à part cela, nous sommes bien à la campagne.

Sans transition, il ajouta, s'adressant à sa fille :

— Téléphonez à cet idiot de docteur : sa dernière drogue ne vaut rien !

Et comme les deux femmes se retiraient, il hurla presque :

— Interdisez à la damnée femme qui se plaît à aspirer la poussière de pénétrer dans cette chambre. Elle a bousculé tous mes livres.

Dans le corridor, Lucy demanda :

— Votre père est-il malade depuis longtemps ?

Emma répondit évasivement :

— Oh ! depuis des années... A propos, voici la cuisine.

Une pièce tout simplement énorme. Un vaste fourneau, froid et mal entretenu, attira l'attention de Lucy qui après avoir jeté un coup d'œil dans le garde-manger, s'enquit de l'heure des repas.

Sans commentaires, elle conclut :

— Je sais tout maintenant. Laissez-moi faire, et surtout, ne vous tourmentez pas.

Quand elle se retira dans sa chambre, tôt dans la

soirée, Emma Crackenthorpe laissa échapper un profond soupir de satisfaction :

« Les Kennedy avaient raison, se dit-elle. Cette femme est prodigieuse ! »

Le lendemain matin, Lucy se leva à six heures et après avoir pourvu aux rangements qui s'imposaient, elle servit le breakfast. Puis, Mrs Kidder l'aida à faire les lits et, un peu plus tard, elles s'assirent toutes deux dans la cuisine devant deux tasses de thé et une légère collation.

Ravie de constater que « la nouvelle venue ne se donnait pas de l'importance », et appréciant la saveur du thé que Lucy avait tenu à préparer elle-même, la femme de ménage se laissa aller à bavarder. Petite et sèche d'apparence, elle avait le regard vif et des lèvres serrées.

— Crackenthorpe ! Un vrai grippe-sous, voilà ce qu'il est, et il en fait voir à sa fille. Entre nous, elle sait se défendre quand il le faut. Ainsi, quand ces « messieurs » viennent, elle entend que les repas soient décents.

— Ces « messieurs » ?...

— Oui ! La famille est encore nombreuse, bien que l'aîné, Mr Edmund, ait été tué pendant la guerre. Le deuxième fils, Mr Cedric, encore célibataire, vit quelque part à l'étranger : il peint des tableaux, paraît-il. Puis, il y a Mr Harold, qui a un bureau d'affaires à Londres ; il demeure dans la capitale et a épousé la fille d'un comte. Vient ensuite Mr Alfred, la brebis galeuse de la famille, il a eu de gros ennuis à deux reprises. J'allais oublier Mr Bryan, le mari de miss Edith... Oui, la sœur de miss Emma : la pauvre est morte, voici déjà quelques années, mais le veuf fait toujours partie de la famille. Enfin, nous avons le jeune Alexander, le fils de miss Edith. Il est en pension et passe une partie de ses vacances ici : miss Emma en raffole !

Tout en s'assimilant ces détails, Lucy ne cessait de servir son informatrice. Jusqu'au moment où celle-ci se décida à repousser sa tasse.

— Un vrai régal, ce matin ! voulut-elle bien admettre, quelque peu surprise de la sollicitude de Lucy. Voulez-vous que je vous aide à éplucher les pommes de terre ?

— C'est déjà fait !

— Eh bien ! vous savez expédier le travail. Dans ces conditions, pourquoi ne pas m'en aller ?

Et la femme de ménage prit congé, sans demander son reste. Lucy esquissa un sourire, tout en débarrassant la table.

Le lunch servi et la vaisselle faite, il était quatorze heures. L'heure de la liberté, selon les directives de miss Crackenthorpe. En premier lieu, la jeune femme entreprit l'inspection des jardins proprement dits. Ce qui ne risquait guère d'éveiller l'attention d'un quelconque curieux. De fait, le potager n'existait qu'à l'état d'esquisse, les serres étaient en ruine, les allées envahies par les broussailles. Seule, une plate-bande, près de la maison, donnait l'impression d'être entretenue : sans doute Emma Crackenthorpe s'en occupait-elle, de temps à autre.

A un tournant se profilait la silhouette du jardinier : un homme très âgé et un peu sourd qui faisait mine de s'affairer, non loin de la maisonnette qui lui servait de demeure, à proximité de la cour des écuries. De là, une allée traversait le parc, avant d'aboutir à la voûte du chemin de fer. Direction que prit Lucy.

A plusieurs reprises, elle regarda plusieurs convois ralentir avant d'aborder la courbe signalée par miss Marple, et qui longeait une partie de la propriété des Crackenthorpe. Puis, la promeneuse passa sous la voûte et s'engagea sur un chemin vicinal. D'un côté, se trouvait le remblai de la voie ferrée ; de l'autre, se dressait un mur assez haut entourant une fabrique. Lucy suivit le chemin jusqu'à son débouché dans une petite rue bordée de modestes pavillons. Déjà, elle pouvait entendre le bruit du trafic d'une grande route située à proximité, quand un enfant apparut sur le seuil d'une porte. La jeune femme n'hésita pas à l'interpeller :

— Savez-vous où je peux trouver une cabine téléphonique aux alentours ?

— Vous avez un bureau de poste au coin de la rue, là-bas.

A la vérité, ce n'était qu'une petite recette auxiliaire, installée dans une boutique, mais avec une cabine, dans un angle. Ayant obtenu le numéro de miss Marple, Lucy eut un léger sursaut : en guise de réponse, une voix aboya :

— Miss Marple se repose ! Et, à son âge, elle ne doit pas être dérangée. Donnez-moi votre nom, je lui ferai part de votre appel.

La fidèle Florence montait la garde, sans aucun doute.

— C'est miss Eyelessbarrow qui vous parle, reprit posément Lucy. Aucune nécessité de troubler miss Marple. Dites-lui simplement que je suis arrivée à bon port et que tout se passe comme prévu. Je l'aviserai de la suite dès que cela sera nécessaire.

Et, calmement, Lucy reprit le chemin de *Rutherford Hall.*

CHAPITRE V

1

— Puis-je me permettre des essais de golf dans le parc ? demanda Lucy.

— Certainement, répondit Emma Crackenthorpe. Je vois que ce sport vous passionne !

— Oh ! je suis loin d'être une virtuose, mais j'essaie de me perfectionner. Ce genre de distraction me paraît plus agréable qu'une promenade sans but précis.

Allongé sur sa chaise longue, Mr Crackenthorpe s'agita soudainement :

— Il n'y a aucune promenade en dehors de cette propriété, grogna-t-il. Rien à voir, sinon des trottoirs et de misérables maisonnettes. Oui, *ils* voudraient bien se saisir de mon domaine pour en construire d'autres, mais je ne suis pas disposé à mourir pour donner cette joie à qui que ce soit.

Emma intervint gentiment :

— Voyons, père...

— Je sais ce qu'*ils* pensent, coupa le vieillard, et ce qu'ils attendent, tous autant qu'ils sont : ce gredin de Cedric, et Harold, ce renard à la figure de bon apôtre. Quant à Alfred, je m'étonne qu'il ne m'ait pas encore expédié dans un autre monde. A vrai dire, je n'exclus nullement que l'idée lui en soit déjà venue à Noël ; rappelez-vous ce malaise qui a tant intrigué le docteur Quimper. Il m'a même posé quelques questions discrètes.

— Ne sommes-nous pas tous sujets à des troubles digestifs, père ?

— Insinues-tu que j'avais trop mangé ? Et pourquoi ? Tout simplement parce qu'il y avait trop de victuailles sur la table ; beaucoup trop. A propos, Lucy, vous avez servi au déjeuner d'aujourd'hui cinq pommes de terre par personne — et d'une grosseur impressionnante. Deux suffisent amplement. Résultat : il en est resté trois. Encore le gaspillage !

— Nullement, monsieur Crackenthorpe. Elles serviront pour une omelette espagnole.

— Ouais !... marmonna le vieillard.

Alors qu'elle sortait de la chambre, Lucy entendit nettement la suite :

— ... Avisée, cette jeune femme ! Elle a toujours la réplique appropriée. Le fait est qu'elle sait cuisiner... et qu'elle ne manque pas d'attraits.

Amusée, Lucy regagna sa chambre où elle choisit l'une des crosses de golf qu'elle avait eu la prévoyance d'apporter à *Rutherford Hall*. Sans se hâter, elle sortit de la maison, gagna rapidement le parc et, à l'endroit qui lui parut le plus favorable, elle commença son entraînement. Quelques minutes s'étaient à peine écoulées, quand une balle, touchée à faux, alla se loger assez haut, sur la pente du remblai de la voie ferrée. Sans s'étonner — peut-être avait-elle ses raisons — Lucy escalada la pente et se tourna brusquement dans la direction de la maison des Crackenthorpe. Ayant constaté que personne ne s'intéressait à elle, la jeune femme fouilla l'herbe jusqu'au pied du remblai puis au-delà. Mais à la fin de l'après-midi, elle n'avait encore rien trouvé. Aussi, à grandes foulées, ramena-t-elle la balle jusqu'aux approches de la maison.

Le lendemain, Lucy reprit ses recherches. Cette fois, elle ne fut pas déçue : à quelque distance, sur la pente du remblai, et retenu par les épines d'un buisson, un lambeau de fourrure s'agitait au gré du vent. Sa couleur évoquait celle du bois : un brun, pâli par l'usage. La jeune femme le regarda attentivement, puis après avoir jeté un rapide coup d'œil sur les alentours, elle se saisit d'une paire de ciseaux, emportée à tout hasard et en coupa une partie qu'elle glissa dans une enveloppe. Déjà, elle avait remarqué, à proximité, ce qui lui paraissait être les traces du passage d'une personne, mais elles étaient trop vagues pour exclure tout soupçon d'imagination.

Néanmoins, Lucy continua son inspection, immédiatement au-dessous du buisson saccagé. Sa patience fut récompensée : elle découvrit un poudrier, mais sans grande valeur. Le temps de l'envelopper dans un mouchoir, et elle entreprit de nouvelles fouilles. Celles-là, sans résultat.

L'après-midi qui suivit, elle se rendit, dans sa petite voiture, chez « sa tante ».

Au numéro 4, Madison Road, à Brackhampton, se trouvait une petite maison grise, semblable à toutes celles de l'avenue. Des rideaux de dentelle ornaient gracieusement les fenêtres et la blancheur du perron flattait d'autant plus l'œil que le cuivre du marteau de la porte étincelait. Celle-ci fut rapidement ouverte par une femme d'aspect peu engageant. Front plissé et regard sévère, elle examina la visiteuse sous tous les angles avant de l'introduire dans le vestibule.

Miss Marple occupait une sorte de studio donnant sur un jardin, petit mais bien entretenu. La pièce même était d'une propreté telle qu'on eût pu la qualifier d'agressive. Assise dans un fauteuil, et près du feu, miss Marple faisait du crochet.

Sans préambule, Lucy prit place sur une chaise, face à la vieille demoiselle :

— Eh bien ! dit-elle, il semble que vous aviez raison !

Et elle exhiba ses trouvailles, tout en donnant les détails voulus. Le visage de son amie s'empourpra :

— Peut-être ne devrait-on pas éprouver une telle sensation, murmura-t-elle, mais il est plutôt réconfortant de constater qu'une théorie toute personnelle est vérifiée par les faits.

Du doigt, elle désigna le lambeau de fourrure.

— Elspeth a affirmé que la victime portait un manteau plutôt usagé ; donc sa couleur avait pâli. D'autre part, je suppose que le poudrier était dans l'une de ses poches et qu'il a glissé dans l'herbe quand le corps a roulé sur la pente. Vous n'avez certainement pas pris la totalité du lambeau ?

— Oh ! non. J'ai tenu à en laisser une partie, accrochée au buisson.

— Vous êtes très intelligente, ma chère. La police tiendra, en effet à tout vérifier.

— Allez-vous lui remettre ces choses ?
— Voyons...

Le temps d'une courte réflexion, et miss Marple reprit la parole :

— Eh bien ! non. Pas pour le moment, du moins. Il serait préférable, je pense, de découvrir d'abord le cadavre. N'êtes-vous pas de cet avis ?

— Ne serait-ce pas trop présumer de mes capacités ? J'entends : si tous vos calculs sont exacts. Par exemple, le criminel a poussé sa victime hors du train ; puis, selon toute apparence, il est descendu à Brackhampton, et plus tard — probablement au cours de la même nuit — il a enlevé le cadavre. Mais qu'est-il arrivé ensuite ? Il peut l'avoir caché n'importe où...

— N'importe où ? Nullement, répondit doucement miss Marple.

— Voulez-vous donner à entendre, *maintenant*, que le crime était prémédité ?

— Je ne le pensais pas au début. Et c'était compréhensible. Il semblait s'agir d'une querelle inattendue, à l'issue de laquelle un homme, au paroxysme de la fureur, avait étranglé son antagoniste et s'était trouvé, de ce fait, face à un redoutable problème : faire disparaître toutes preuves en quelques minutes. Mais, *maintenant*, je comprends qu'il serait trop facile de voir les faits sous l'angle de simples coïncidences. Plus exactement, de supposer que, fou furieux, l'inconnu a tué sans s'en rendre compte, pour ainsi dire, puis qu'ayant soudainement regardé par la fenêtre de son compartiment, il a découvert, *à ce moment précis,* que le train roulait sur un remblai, *exactement* à un endroit au bas duquel il lui serait possible de récupérer, un peu plus tard, un cadavre projeté sur la pente. Ce qui revient à dire que si la malheureuse jeune femme avait été précipitée dans le vide, sans préméditation, son bourreau aurait pris la fuite sans se préoccuper de la suite des événements, et le corps aurait été rapidement découvert.

Silencieuse, Lucy ne quittait pas son amie du regard.

— Savez-vous, ajouta celle-ci, que ce crime a été préparé avec la plus grande adresse ? Quoi de plus anonyme qu'un train ? Seul avec la victime dans un compartiment — et le wagon n'ayant pas de couloir — quels risques ?... Surtout quand on *sait* comment agir après le crime ! Donc, l'assassin connaissait — *il fallait* qu'il connût — *Rutherford Hall*. J'entends sa position géographique et son isolement. N'est-ce pas une sorte d'île, quasi entourée par la voie ferrée ?

— Exact ! Ce domaine est un anachronisme. La vie agitée de la ville voisine ne l'affecte nullement. Seuls, des commerçants font des livraisons dans la matinée.

— Suivez mon raisonnement : le meurtrier se rend à *Rutherford Hall* au cours de la nuit en question. Il agit à coup sûr, car, au moment où le corps a été précipité dans le vide, la nuit tombait déjà, et il était donc plus que probable que personne ne le découvrirait avant le lendemain matin.

— Presque certainement.

— Alors, notre homme prend la direction de *Rutherford Hall*. Deux questions se posent : Comment ?... Disons, dans une voiture. Mais par quelle route ? Avez-vous une idée ?

Lucy réfléchit un instant avant de répondre.

— Il y a un petit chemin qui longe une fabrique. Peut-être l'a-t-il emprunté. Dans ce cas, il sera descendu de voiture près de la voûte du chemin de fer, et a retrouvé le cadavre au bas du remblai.

— Il l'a porté jusqu'à l'endroit choisi à l'avance, reprit miss Marple. Mais il restait à enfouir le corps !

Le regard interrogateur de miss Marple impressionnait Lucy qui hésita quelque peu avant de répondre

— Faire allusion à ce dernier stade ne suffit pas : il est plus difficile de préciser

La vieille demoiselle se déclara d'accord :

— L'inconnu ne pouvait accomplir sa funèbre besogne dans le parc même. Trop de travail et le risque était d'envergure A moins qu'il n'ait trouvé un coin où la terre avait été bêchée tout récemment.

— Au bout du jardin potager, peut-être. Mais le petit pavillon du jardinier est situé à proximité. Bien que l'homme soit âgé et sourd, il aurait pu intervenir

— Y a-t-il un chien dans le domaine ?

— Aucun.

— Alors, on peut penser à un hangar ou une dépendance.

C'eût été très facile. Il y a un grand nombre de bâtiments abandonnés : étable à cochons, sellerie, ateliers dont personne ne se préoccupe plus.

A ce moment, quelqu'un frappa à la porte : la fidèle Florence apportait le thé.

— Voilà qui vous distrait d'avoir une visite, dit-elle. J'apporte également les brioches écossaises que vous aimez tant.

— Florence confectionne les meilleurs gâteaux que je connaisse ! constata miss Marple.

L'interpellée se rengorgea. Même, son visage se plissa dans un sourire inattendu. Puis, discrètement, elle sortit.

— Je pense, ma chère, dit aussitôt miss Marple à Lucy, qu'il est préférable de ne plus parler de l'affaire pendant notre collation. Le sujet est tellement déprimant !

2

L'après-midi qui suivit, Lucy se lança dans de nouvelles investigations, cette fois dans les dépendances mêmes, sans oublier le réduit réservé à la chaufferie. Alors qu'elle se disposait à en sortir, elle entendit une voix éraillée. S'étant retournée, elle vit le jardinier qui la regardait avec réprobation.

— Vous feriez mieux d'être prudente, miss, grogna-t-il. Les marches et le plancher sont vermoulus.

La jeune femme sut maîtriser sa surprise.

— J'ai l'impression que vous me prenez pour une personne trop curieuse, dit-elle d'une voix forte (l'homme était dur d'oreille). Le fait est que je me demandais s'il ne vaudrait pas mieux abattre toutes ces constructions inutiles et tirer parti du terrain pour cultiver. Il est navrant de voir tout aller à l'abandon.

— Trop tard, maintenant ! Le vieux sait très bien que ses héritiers n'attendent que sa mort.

— Est-il vraiment très riche ?

— Impossible d'en douter ! L'argent, voyez-vous, c'est le péché mignon de la famille. Le père du patron a commencé. Un homme à poigne, dur en affaires, et sans merci à l'égard de quiconque s'opposait à ses desseins. En revanche, il était généreux, n'oubliant jamais les besoins de ceux qui le servaient. Ses deux fils l'ont déçu : il leur avait assuré une solide instruction à Oxford, mais, à la fin de leurs études, ces messieurs estimèrent que les gentlemen vraiment dignes de ce nom ne pouvaient décemment se lancer dans le négoce. Le plus âgé épousa une actrice, puis, en état d'ivresse, trouva la mort dans une course d'automobiles. Le cadet, notre patron, se prit d'une passion subite pour les antiquités. De ses interminables voyages, il rapporta une cargaison de statues ou autres balivernes. A cette époque, il ne regardait pas à la dépense, loin de là. Mais, bientôt, il en fut tout autrement. Aussi, son père le prit-il en grippe.

Lucy écoutait avec la plus grande attention. Adossé au mur, son interlocuteur ne semblait guère pressé de reprendre son travail.

— Le père est mort en 1928...

— C'est donc à cette époque que Mr Crakenthorpe — je parle du plus jeune fils — hérita du *Rutherford Hall* ?

— Oui, et il s'y installa avec ses enfants.

D'autres détails allaient suivre, mais la jeune femme crut devoir mettre un terme à l'entretien :

— Je ne veux pas vous empêcher de vaquer à vos occupations.

— Oh ! répliqua le jardinier sans enthousiasme, il n'y a pas grand-chose à faire à cette heure. Il fait déjà sombre.

3

De retour à la maison, Lucy vit Emma Crakenthorpe qui se dirigeait vers elle, une lettre à la main.

— Mon neveu Alexander arrive demain avec un camarade de collège, dit-elle. Sa chambre se trouve juste au-dessus du porche ; celle qui lui fait suite conviendra au jeune James Stoddard West.

— Entendu, miss ; je m'occupe de tout !

— Ils seront ici pour le déjeuner. Je pense que ces jeunes gens auront très faim.

— Certainement ! Donc, un roastbeef et, peut-être, une tarte copieuse ?

— Voilà qui sera parfait !

Les deux garçons firent leur apparition dans la matinée. Peut-être était-il préférable de ne pas prendre à la lettre la candeur qu'exprimaient leurs visages et la politesse affectée qui était de rigueur au collège d'Eton. Alexander Eastley avait des yeux bleus et des cheveux blonds. Au contraire de James Stoddard West, brun aux yeux noirs portant des lunettes.

Pendant le repas, ils s'entretinrent gravement de performances sportives, puis commencèrent, avec tout le sérieux voulu, les récentes informations ayant trait à l'espace interplanétaire. A certains moments, ces adolescents donnaient l'impression de professeurs affrontant des problèmes ardus. Lucy, qui les servait, se sentait plus jeune qu'eux.

Cependant, tous ces propos n'affectaient pas leur appétit : la pièce de bœuf disparut comme par enchantement, ainsi que la dernière miette de tarte. Voracité qui indigna Mr Crakenthorpe :

— A vous deux, toute ma propriété y passera !

Remarque qui valut au vieillard deux coups d'œil réprobateurs.

— Eh bien ! grand-père, répondit sèchement Alexander, si vous ne pouvez vous permettre d'acheter de la viande, nous mangerons du pain et du fromage.

Mr Crakenthorpe faillit s'étrangler ; une telle remarque devant un étranger !

— Evidemment, je puis me le permettre, grondat-il, mais tu devrais savoir que je ne tolère aucun gaspillage.

Impassible, à l'abri de ses lunettes, Stoddard West crut devoir intervenir :

— Je puis vous assurer que nous n'avons rien gaspillé, monsieur, dit-il, en regardant son assiette vide — preuve formelle du bien-fondé de son affirmation.

Alors que les deux garçons sortaient de la salle à manger, Lucy entendit Alexander qui s'excusait auprès de son ami :

— Ne fais pas attention à l'ancêtre : il souffre de regrettables complexes.

« Quelle génération ! » pensa Lucy.

4

Un peu plus tard, la jeune femme entreprit une nouvelle promenade. Sachant que les garçons jouaient au football dans une partie du parc, elle prit la direction opposée. Sans conviction, elle inspectait un massif tout en remuant la terre avec une crosse de golf, quand la voix d'Alexander Eastley la fit sursauter :

— Vous cherchez quelque chose, miss Eyelessbarrow ?

— Une balle, répondit promptement l'interpellée. A vrai dire, il s'agit de plusieurs balles, car je me suis entraînée à plusieurs reprises et j'en ai perdu une certaine quantité. Le moment est venu d'essayer de les retrouver.

— Evidemment ! dit Alexander, mais savez-vous qu'il y a tout un attirail de golf miniature quelque part sous les escaliers ? Nous pourrions l'installer sur la pelouse. Qu'en dis-tu, Stoddard ?

— Formi ! s'écria celui-ci, en se rengorgeant.

L'expression surprit Lucy. Ce que voyant, Alexander fronça les sourcils.

— Ne croyez pas que mon ami soit un poseur ! Son recours à certains mots signifie seulement qu'il tient à être à la hauteur quand ses parents l'emmèneront voir un match international.

Décidément, ces jeunes gens étaient étonnants.

Lorsqu'elle revint, un peu plus tard, en direction de la maison, Lucy constata qu'Alexander et Stoddard étaient déjà à pied d'œuvre.

— Les plaques indiquant les numéros sont rouillées, lança Stoddard.

— Il suffirait de les repeindre, intervint Lucy. Peut-être pourriez-vous vous en charger.

— Excellente idée ! répliqua Alexander. Je crois que nous trouverons des pots de peinture dans le « musée ».

— Un musée ? s'enquit Lucy. Où cela ?

— Dans le fond du parc, sur le versant opposé à celui qui aboutit à la voie ferrée. On y accède en s'engageant dans le brusque tournant qui le cache entièrement. Mon grand-père assure que cette bâtisse en pierre est du style élisabéthain, mais il bluffe !

— On ne m'en a pas encore parlé.

— Sans doute parce que notre digne aïeul y a déposé ses fameuses trouvailles que personne n'apprécie. Oui, tout ce qu'il a rapporté de ses longs voyages. La plupart sont de véritables navets. Allons voir, voulez-vous ?

Lucy s'étant empressée d'accepter, le trio partit sur-le-champ. « Le musée » se trouvait assez loin et il fallait connaître son existence pour le découvrir. Sa porte de chêne était très épaisse et parsemée de gros clous triangulaires. Alexander éleva une main et se saisit d'une clef accrochée sous le lierre qui couvrait la façade. Le temps d'ouvrir, et il invita Lucy à entrer.

Un coup d'œil suffisait pour se rendre compte que le contenu de la bâtisse était plutôt médiocre. D'abord, les bustes de quelconques empereurs romains, placés sans aucun souci de symétrie. Leurs globes oculaires, largement protubérants semblaient fixer la visiteuse avec mépris. Non loin, un immense et morne sarcophage datant de la décadence gréco-romaine, voisinant avec une prétentieuse Vénus ; debout, sur un piédestal en piteux état, elle retenait un voile prêt à tomber. Sans transition, le regard de Lucy s'attarda sur un amas d'objets hétéroclites n'ayant qu'un vague rapport avec l'antiquité : deux tables à tréteaux, plusieurs chaises paillées, quelques seaux en bois, un canapé mangé aux mites...

— Il nous faut chercher plus loin, dit Alexander qui fit quelques pas avant d'écarter un rideau lacéré qui faillit lui rester dans les mains.

Heureuse idée quand même, car des pots de peinture et une demi-douzaine de pinceaux furent ainsi découverts. Mais, abandonnés depuis un certain temps, ceux-ci étaient d'une raideur désespérante.

— Seule, la térébenthine en viendra à bout, fit remarquer Lucy.

Sans hésiter, les deux garçons décidèrent de s'en procurer en ville. Du moins, pensait la jeune femme, la remise en état du golf miniature les occupera-t-elle pendant quelque temps.

Alors que ses compagnons se disposaient à aller chercher leurs bicyclettes, Lucy s'exclama :

— On ne peut laisser cette salle dans un tel état : trop de poussière et de résidus. A propos, dois-je replacer la clef où vous l'avez prise ?

— Certainement, répondit Alexander. Personne n'aurait l'idée de voler toutes ces vieilleries. D'ailleurs, elles pèsent trop lourd.

Après le départ des collégiens, Lucy hésita quelque peu : à quoi bon des rangements dans un tel endroit ? Elle avait surtout hâte de fuir la forte odeur de moisi qui commençait à l'indisposer. Soudain, son regard se porta sur le sarcophage.

Ce sarcophage ?... Instinctivement, elle s'en rapprocha : un épais couvercle le recouvrait. Quelques secondes de réflexion, puis Lucy gagna rapidement la porte et se rendit dans une remise, vide à cette heure. Ayant trouvé un levier dans un coin, elle revint dans le « musée », non s'en être assurée que personne ne l'avait vue.

Tâche peu facile, en vérité, et d'autres que Lucy y auraient renoncé, mais celle-ci était plus que tenace. Lentement, le couvercle commença à jouer, et après des efforts répétés, il se souleva quelque peu... Suffisamment pour permettre de jeter un coup d'œil à l'intérieur.

CHAPITRE VI

1

Un peu plus tard, Lucy, plutôt pâle, sortit de la bâtisse. Après avoir fermé soigneusement la porte, elle remit la clef à sa place habituelle et se rendit dans l'écurie où était garée sa petite voiture. Avec toutes les précautions voulues, elle mit le moteur en marche et s'engagea dans l'allée discrète qui aboutissait au chemin vicinal qu'elle connaissait. De là, la jeune femme accéléra la vitesse jusqu'au bureau de poste d'où elle avait déjà téléphoné à miss Marple.

Ayant obtenu le numéro de sa vieille amie, elle demanda à Florence de l'appeler

La réponse ne fut guère engageante, mais, quand elle le voulait, Lucy pouvait être incisive :

— Faites ce que je vous dis, et immédiatement !

Florence était de celles qui cèdent à l'autorité. Bientôt, la voix de miss Marple se fit entendre :
— Alors, Lucy ?
Celle-ci prit son souffle avant de répondre :
— Vous aviez raison. J'ai trouvé...
— Le cadavre d'une femme ?
— Oui ! D'une femme recouverte d'une fourrure. Le corps se trouve à l'intérieur d'un sarcophage, placé dans une sorte de capharnaüm. Que désirez-vous que je fasse maintenant ? Sans doute informer la police..
— Oui ! Et sans perdre de temps.
— Un instant . la première chose que les inspecteurs voudront savoir, c'est la raison pour laquelle j'ai voulu soulever un couvercle aussi pesant Dois-je inventer un motif ? Je le trouverai facilement.
— Non, répondit miss Marple, de son habituelle voix douce. Le mieux est de leur dire la vérité ; vous le comprendrez, j'en suis certaine
— La vérité ?... Même en ce qui vous concerne ?
— Toute la vérité !
Un léger sourire — ou une grimace — atténua la pâleur de Lucy.
— Très simple à dire, fit-elle remarquer, mais je m'imagine qu'il leur faudra faire un effort pour me croire.

Toutefois, elle prit congé et téléphona aussitôt à la police
— Je viens de découvrir un cadavre dans un sarcophage placé dans une vieille bâtisse, à *Rutherford Hall.*
— Quoi ? fit une voix incrédule.
La jeune femme répéta la même phrase et, se doutant de la question qui allait lui être posée, elle donna

ses noms et adresse. Puis, sans attendre, elle sortit, fit ronfler le moteur de sa voiture et reprit le chemin de la maison.

Dans le vestibule, elle s'arrêta et se prit à réfléchir. Sa décision dut être rapide car, d'un geste bref, elle jeta sa tête en arrière et se rendit dans la bibliothèque dont la porte était entrouverte : Emma Crackenthorpe aidait son père à venir à bout des mots croisés du *Times*.

— Puis-je vous parler, miss ? demanda-t-elle.

Emma eut un léger sursaut et ses yeux exprimaient une certaine inquiétude. Toutefois, elle croyait qu'il devait s'agir d'une question concernant l'entretien de la maison.

Déjà Mr Crackenthorpe s'irritait :

— Eh bien ! parlez !

S'adressant à sa fille, Lucy précisa :

— Je désirerais m'adresser à vous seule.

— Absurde ! cria le vieillard. Dites ici même ce qui vous passe par la tête !

— Un instant, père ! intervint Emma.

Comme elle se dirigeait vers la porte, son père s'agita de nouveau.

— Toute cette histoire est absurde ! Mes mots croisés d'abord ! Le reste peut attendre.

— Je crains, répliqua froidement Lucy, que *le reste* ne puisse attendre.

— Impertinente ! rugit son patron.

Mais les deux femmes étaient déjà dans le hall :

— Que se passe-t-il ? s'enquit Emma. S'il s'agit du travail supplémentaire que donne la présence de mon neveu et de son ami, je peux vous aider et...

— Vous faites erreur. Si j'ai évité de parler devant

votre père, la raison en est que, étant donné son âge et sa santé, j'ai craint qu'il n'eût un choc. Vous le comprendrez aisément : j'ai découvert le cadavre d'une femme *étranglée* dans le grand sarcophage que vous devez sûrement connaître.

Effarée, Emma dévisagea son vis-à-vis qui, elle-même, ne la quittait pas des yeux.

— Une femme étranglée... dans le sarcopnage ? Mais c'est impossible, voyons !

— Malheureusement, c'est une réalité. Je viens de téléphoner à la police et elle va venir d'un moment à l'autre.

Les joues d'Emma s'empourprèrent.

— Vous auriez dû m'avertir d'abord !

Ses yeux se portèrent sur le téléphone, placé dans le hall.

— Mais je n'ai entendu aucune sonnerie. La porte de la bibliothèque n'était cependant pas fermée.

— J'ai téléphoné en ville.

— Voilà qui est étrange ! Et pourquoi pas d'ici ?

— Alexander et Stoddard auraient pu entendre la conversation.

— Je comprends. Alors, ils vont venir... Je veux dire la police ?

— Elle vient d'arriver, répondit Lucy qui avait entendu des crissements de roues devant le perron.

Déjà, le bruit de la vieille cloche du portail se répercutait dans le hall.

2

— Il m'a été pénible de vous imposer cette confrontation, dit l'inspecteur Bacon, tout en aidant miss Crackenthorpe à sortir du « musée ».

Bien qu'elle fût sur le point de défaillir, Emma marchait tête haute.

— Je suis certaine de n'avoir jamais vu cette femme, confirma-t-elle d'une voix rauque.

— Cela suffira pour le moment, répondit le policier. Vous devriez vous reposer.

— Il me faut d'abord rejoindre mon père. Le docteur Quimper à qui j'ai téléphoné se trouve auprès de lui.

Le praticien surgit de la bibliothèque au moment où Emma et Bacon traversaient le hall. Grand, sympathique, il avait cet air dégagé qui rassure les malades.

— Miss Crakenthorpe a rempli un pénible devoir avec grand courage, lui confia l'inspecteur.

— Voilà qui ne me surprend pas, répliqua le docteur qui tapota affectueusement le visage d'Emma.

Tournée vers elle, il ajouta :

— Je n'ai jamais douté de votre courage. Et votre père est en parfait état. Allez lui parler pendant quelques instants, puis vous reviendrez dans la salle à manger prendre un petit verre de brandy. C'est la meilleure ordonnance en pareil cas.

Emma hocha la tête et se rendit auprès de Mr Crackenthorpe.

— Elle est admirable, dit Quimper à Bacon. Quel dommage qu'elle ne se soit pas mariée ! Elle eût fait une épouse irréprochable et une mère de famille dévouée à souhait Sans doute est-elle restée célibataire parce qu'elle se trouvait la seule femme dans une nombreuse famille. Sa sœur a convolé à dix-sept ans et elle est morte.

— Il semble que miss Emma se soit aveuglément dévouée à son père ?

— En fait, elle n'est pas aussi aveugle qu'on pourrait le supposer, mais elle a une qualité assez rare : celle de rendre heureux les hommes qui vivent auprès d'elle. C'est pourquoi elle se rend compte qu'il ne déplaît nullement à Luther Crackenthorpe de passer pour un invalide, et elle affecte de le croire. Même attitude à l'égard de ses frères : Cedric qui se prend pour un peintre génial ; Harold, cet infatué qui est persuadé que ses conseils valent leur pesant d'or. Bien qu'elle sache à quoi s'en tenir, elle ne cherche nullement à dissiper leurs illusions. Sans oublier de cacher ses inquiétudes quand Alfred lui expose ce qu'il appelle ses savantes combinaisons. Croyez-moi, inspecteur, Emma n'a rien d'une folle ! Mais peut-être avez-vous besoin de moi ? Désirez-vous que je jette un coup d'œil sur la victime, après la visite de Johnstone, votre médecin légiste ?

— Excellente idée ! Nous nous efforçons d'identifier la victime, et sait-on jamais ? Je suppose qu'il est impossible d'avoir recours à Mr Crackenthorpe ; il risquerait de s'effondrer.

— S'effondrer ? Balivernes ! Même, il ne vous pardonnerait jamais si vous l'empêchiez de jeter un coup d'œil. Pensez donc : le spectacle le plus excitant qu'il aurait vu depuis quinze ans, ou davantage et... il ne lui en coûterait pas un sou !

— Dois-je comprendre qu'il n'est pas gravement malade ?

— Il a soixante-douze ans, et c'est tout ! Certes, il souffre de rhumatismes intermittents, mais qui ne connaît pas ce désagrément ? Pour lui faire plaisir, j'attribue ses légères crises à l'arthrite Quant aux palpitations après les repas, il les met sur le compte d'une faiblesse cardiaque. Mieux vaut ne pas en parler. En somme, notre homme est l'un des nombreux malades imaginaires qui m'appellent à tout bout de champ ! Voyez-vous, les personnes dangereusement atteintes sont généralement celles qui s'efforcent de paraître en bonne santé. Mais allons voir notre fameux cadavre.

L'examen du docteur se prolongeait.

— Je ne puis vous être d'aucun secours, dit-il enfin. La victime m'est totalement inconnue. Quelle extraordinaire aventure !

L'inspecteur approuva du geste.

— Sortons, dit-il après un court silence. L'air frais nous réconfortera.

Du seuil, le docteur Quimper jeta un dernier coup d'œil sur le musée, puis il interpella son compagnon :

— Sinistre ! Au fait, qui a découvert... la chose ?

— Miss Lucy Eyelessbarrow.

— Oh ! la nouvelle gouvernante. Mais que faisait-elle donc dans cet endroit ? Et quelle idée d'ouvrir un sarcophage !

— Précisément, c'est ce que j'entends lui demander. Auparavant, il conviendrait d'aller chercher Mr Crackenthorpe.

— Comptez sur moi !

Bientôt, la tête disparaissant presque dans des écharpes, le vieillard fit son apparition aux côtés de son docteur.

— Odieux ! gronda-t-il. Tout simplement odieux. Pensez que j'ai acheté ce sarcophage à Florence même en 1909... ou peut-être en 1910...

— Du calme, conseilla le praticien. Le spectacle n'est pas très beau à voir.

— Aucune importance. Je tiens à faire mon devoir.

La visite fut rapide, et Mr Crackenthorpe sortit du musée à une allure qui arracha un sourire à l'inspecteur.

— J'ignore qui est cette femme, marmonna le vieillard, et que signifie toute cette affaire ? Une honte, dis-je ! A propos, je me souviens : c'est à Naples que j'ai acheté le sarcophage. Un spécimen rare, à vrai dire. Et une créature stupide arrive, qui se fait tuer à l'intérieur !

Soudain, il s'agrippa aux pans de son ample pardessus :

— C'est trop pour moi... Oh ! mon cœur... Où est Emma ?

Le docteur le prit par un bras.

— Ne vous inquiétez pas ! Un petit stimulant fera l'affaire : un cognac, par exemple.

Tous trois prirent le chemin de la maison.

— Monsieur... Monsieur...

S'étant retourné, l'inspecteur vit Alexander et son ami qui le dévoraient du regard.

— S'il vous plaît, pouvons-nous voir le cadavre ? demanda le premier.

— Non, répliqua Bacon sur un ton péremptoire.

Mais le collégien insista :

— Il nous serait peut-être possible de l'identifier. Dans ces conditions, pourquoi nous refuser ?
— Qui êtes-vous au juste ? s'enquit l'inspecteur.
— Je m'appelle Alexander Eastley et voici mon ami, James Stoddard West.
— Avez-vous vu, par hasard, dans les parages, une jeune femme blonde portant un manteau de fourrure usagé ?
— Mes souvenirs sont imprécis, répondit Alexander, non sans astuce. Je ne serai en mesure de l'affirmer qu'après avoir vu la victime.
— A d'autres ! répliqua Bacon. Mais il ne sera pas dit que nous n'avons pas tenté l'impossible.

Il se tourna vers son assistant :
— Accompagnez-les, Sanders ! Et maintenant, miss Eyelessbarrow, à nous deux !

3

Lucy préparait le déjeuner quand on l'avisa que Bacon désirait lui parler. De fait, elle n'en fut pas surprise et suivit le messager — un policeman — jusqu'à la petite pièce où l'attendait l'inspecteur. Avec une froide courtoisie, celui-ci l'invita à s'asseoir ; pour sa part, la jeune femme attendait placidement la suite.

Vinrent les habituelles questions : nom, âge, adresse à Londres. Ayant donné satisfaction à l'enquêteur, la jeune femme crut devoir ajouter :
— Mes références d'emploi sont à votre disposition.

« Excellents, ces certificats, pensa le policier après un sérieux examen : un amiral, un recteur, une vicomtesse et *tutti quanti*. »

— Maintenant, dit Bacon, passons à notre affaire. Je crois savoir que vous vous êtes rendue dans le musée pour trouver des pots de peinture. Ce but atteint, vous êtes allée chercher un levier et vous avez forcé le couvercle du sarcophage. Dans quelle intention ?

— Je cherchais un cadavre.

Le regard de Bacon se fit plus sévère.

— Un cadavre ? Et vous l'avez trouvé. Entre nous, cela ne vous semble-t-il pas une histoire... disons extraordinaire ?

— J'en conviens et peut-être désirez-vous avoir quelques détails supplémentaires ?

— Incontestablement ! Cela serait préférable... pour vous.

Ignorant le ton menaçant de son vis-à-vis, la jeune femme fit un récit détaillé des incidents qui avaient précédé sa sensationnelle découverte.

Non seulement Bacon ne parut pas convaincu, mais sa réaction fut acerbe :

— Ainsi vous prétendez avoir agi pour le compte d'une vieille demoiselle et obtenu un emploi ici même à seule fin de fouiller la maison et les alentours, toujours dans l'espoir de trouver un cadavre ?

— Oui !

— Et qui est cette vieille demoiselle ?

— Miss Jane Marple. Elle demeure, pour le moment, 4, Madison Road, à Brackhampton.

L'inspecteur prit note de l'adresse avant de reprendre son interrogatoire.

— Et vous espérez que je vais donner créance à votre récit ?

La jeune femme ne se troubla pas.

— Non. Du moins jusqu'à l'entretien que vous allez sûrement avoir avec miss Marple.

— Soyez persuadée que je la verrai dès ce soir. Il doit s'agir d'une toquée !

Il va sans dire que Lucy ne partageait pas cette opinion et elle fut tentée de répliquer que le fait d'avoir indiqué la bonne piste ne signifiait nullement que miss Marple fût folle. Mais elle se contint.

— Qu'allez-vous dire à miss Crackenthorpe ? Je veux dire à mon égard ? s'enquit-elle.

— Pourquoi cette question ?

— En ce qui concerne miss Marple, j'ai mené à bien la mission qu'elle m'avait confiée, puisque le cadavre est retrouvé. Mais je suis encore sous contrat avec miss Crackenthorpe, et je suppose qu'après ce drame, toute la famille devra venir ici ; miss Emma aura besoin d'aide. Si vous lui révélez le motif de ma présence ici même, elle me congédiera peut-être. Dans le cas contraire, je pourrai continuer mes fonctions et... faciliter les choses.

Ces derniers mots frappèrent l'inspecteur qui fixa Lucy avant de répondre :

— Je ne dirai rien à qui que ce soit, pour le moment, dit-il enfin. Attendons la vérification de votre témoignage.

CHAPITRE VII

1

Assis derrière son bureau, le chef de la police du district réfléchissait, tout en jouant avec un coupe-papier.

— Votre exposé me porte à croire qu'il serait préférable de transmettre l'affaire à Scotland Yard, dit-il enfin à Bacon.

La carrure impressionnante de celui-ci contrastait avec la petite taille de son supérieur.

— Je le pense aussi, monsieur, répondit l'inspecteur : la victime n'habitait certainement pas dans notre secteur. D'autre part, à en juger par son linge, il doit s'agir d'une étrangère. Naturellement, je ne soulèverai pas ce lièvre avant l'enquête du coroner (1).

— Compte tenu du résultat négatif des premières recherches, elle se terminera par un ajournement, je suppose.

— Sans aucun doute. A propos, j'ai vu moi-même le magistrat.

— Alors, quand aura lieu cette formalité ?

— Dès demain. Tous les membres de la famille Crackenthorpe seront présents et vague est l'espoir qui nous reste, en ce qui les concerne, d'identifier le cadavre.

---

(1) Magistrat local qui décide, avec un jury spécial, de la suite à donner à une « affaire » criminelle.

Bacon consulta rapidement une liste.

— Il y aura Harold Crackenthorpe, bien connu, paraît-il, dans le haut négoce londonien Ensuite, Alfred — j'ignore ce qu'il fait exactement — et Cedric, qui vit à l'étranger. Celui-ci est un artiste : il *peint*.

L'inspecteur impartit à ce mot tout le mépris voulu.

Le chef de la police sourit dans sa moustache.

— Aucune raison de croire que ces gens ont un quelconque rapport avec le crime ? demanda-t-il aussitôt.

— Aucune... si ce n'est que le corps a été découvert à *Rutherford Hall*, répondit Bacon, mi-figue, mi-raisin. Ce qui me dépasse vraiment, c'est cette extraordinaire histoire du train.

— Ah ! vous êtes allé voir la vieille demoiselle ? Voyons. — Il jeta un regard sur les notes. — Oui, miss Marple ?

— Cette visite s'imposait. J'ignore encore si cette personne divague ou non, mais le fait est qu'elle ne démord pas du récit de son amie écossaise et de tout le reste. Pour autant que je puisse en juger, elle me fait penser à ces hallucinées qui veulent avoir découvert un engin dans leur jardin ou repéré un espion dans un salon de thé. Un point, toutefois, paraît hors de discussion : Miss Marple s'est assuré les services de la jeune Lucy, en vue de rechercher un cadavre.

— Et ladite Lucy l'a trouvé, ponctua le chef. Une aventure peu banale ! A propos, ce nom de Marple — Jane Marple — me semble familier. Quoi qu'il en soit, je vais prévenir Scotland Yard, mais il nous faut être discrets. Pour le moment, nous tiendrons les journalistes en haleine.

2

Comme prévu, l'enquête du coroner ne révéla aucun fait nouveau : personne ne reconnut la victime. Appelée en tant que témoin principal, Lucy ne put que confirmer les circonstances de sa funèbre découverte ; pour sa part, le médecin légiste s'en tint à trois mots : « Mort par étranglement. » Aussi, les débats furent-ils ajournés.

Le vent soufflait en tempête quand les Crackenthorpe sortirent de la salle des délibérations. Avec eux se trouvait Mr Wimborne, principal associé de la charge de notaire qui veillait aux intérêts de la famille. Alors que, frissonnant de froid, tous débouchaient sur le trottoir, de nombreux curieux se rapprochèrent, alléchés par la manchette du journal local : *Un cadavre dans un sarcophage*. A la vue du groupe, un murmure s'éleva : « Les voilà ! »

Bouleversée, Emma lança un ordre bref :

— Partons !

La famille se dirigea aussitôt vers la Daimler louée pour cette occasion. Cependant Bryan Eastley, le mari de la défunte Edith, prit Alfred avec lui dans sa petite voiture personnelle. Le départ allait avoir lieu, quand Emma fit un geste :

— Arrêtez ! Voici les garçons !

En dépit de leurs protestations indignées, on avait ordonné à Alexander et à son ami de rester à la maison, mais ils étaient venus à bicyclette ; pour le moment, ils s'agitaient devant les portières des autos.

— Un policeman nous a permis de rentrer dans la salle, expliqua Stoddard West. J'espère que vous ne nous en voulez pas ?

Cedric eut un geste amical :

— Et pourquoi vous en vouloir ? Je suppose que c'était la première enquête à laquelle vous assistiez ?

— Oui, répondit Alexander. Mais le tout a été bâclé !

— Nous ne pouvons rester ici à bavarder, intervint Harold. Voyez la foule et ces hommes avec des caméras !

La Daimler démarra. A l'intérieur, Cedric étouffa un soupir.

— Bâclé ! Voilà ce qu'ils pensent, les innocents. Et ça ne fait que commencer.

Il jeta un coup d'œil sur Mr Wimborne qui comprimait ses lèvres minces et hochait la tête en signe de désapprobation.

— J'espère, dit l'homme de loi avec quelque solennité, que le mystère sera bientôt percé. La police doit connaître son métier. Il n'en reste pas moins que cette affaire est plus que regrettable.

Ce disant, son regard se porta sur Lucy, comme pour lui donner à entendre que, sans sa déplorable intervention dans un drame qui ne la regardait nullement, rien ne serait arrivé.

Sentiment qui était partagé par Harold :

— A propos, miss Eye... lessbarrow, exactement dans quel but avez-vous ouvert le sarcophage ?

La jeune femme savait que cette question lui serait posée tôt ou tard par un membre de la famille.

— A la vérité, répondit-elle lentement et après avoir fait mine de réfléchir, je n'avais aucun but précis... D'abord, l'idée m'est venue de mettre de l'ordre dans une salle poussiéreuse , puis, — elle hésita de nouveau — je me suis sentie incommodée par une odeur...

Lucy se doutait que cette seule allusion répugnerait à ses auditeurs et qu'en conséquence ils éviteraient d'insister. Son instinct ne la trompa pas : d'un geste, le notaire lui coupa la parole.

— Oui, nous comprenons.

Il se tourna vers miss Crackenthorpe qui avait affreusement pâli

— N'oubliez pas, Emma, que la malheureuse victime n'avait aucune attache avec la famille.

— Pour le moment, fit observer Cedric, vous ne pouvez pas en être absolument certain

Lucy regarda le peintre avec intérêt. Le contraste avec son frère avait déjà retenu toute son attention. Cedric était bâti en athlète, avec un visage rude, comme battu par la tempête et auréolé d'une chevelure en désordre. Descendu d'avion la veille, il portait un costume dont l'état donnait à penser qu'il n'en possédait pas d'autre : un veston usagé et taché et un vieux pantalon de flanelle grise avec des poches aux genoux. Un bohème dans toute l'acception du mot, et l'homme semblait en être fier.

En revanche, Harold était le type même du directeur de grandes entreprises. Il se tenait raide dans son coin, bien moulé dans un complet impeccable et dont l'élégance était rehaussée par une cravate gris perle. En somme, son aspect correspondait exactement à ce qu'il était dans la vie : un homme qui a réussi.

La dernière remarque de Cedric lui avait déplu.

— Vos propos me paraissent singulièrement mal venus, dit-il d'un ton acerbe.

— Et pourquoi ? La victime s'est bien rendue à *Rutherford Hall*, dans le fameux musée, pour être précis ? Et dans quel but ?

Mr Wimborne toussota :

— Un rendez-vous, d'ordre privé, suggéra-t-il. Je crois comprendre que beaucoup de gens connaissaient l'endroit où la clef était accrochée.

L'intonation de l'homme de loi donnait à entendre qu'il désapprouvait cette négligence. Aussi Emma crut-elle devoir s'excuser :

— Cela date de la guerre. Le bâtiment était alors réservé aux membres de la défense passive. Ils avaient un petit réchaud et préparaient leur thé. Plus tard et comme le contenu du local n'était guère susceptible de tenter qui que ce soit, nous avons laissé la clef à la même place. D'autant que, de temps à autre, la société d'assistance aux vieillards tenait une réunion dans le musée même et, la clef étant sur place, personne n'avait à se déranger. Voyez-vous, nous n'avions à notre service que des femmes de ménage intermittentes.

Sa voix faiblissait, et elle parlait sans intonation, tel un automate.

Intrigué, Cedric lui lança un rapide coup d'œil.

— Vous me semblez inquiète, Emma ! Que se passe-t-il donc ?

Exaspéré, Harold intervint de nouveau :

— Votre curiosité est mal venue !

Mais son frère ne se laissa pas impressionner.

— Ne vous en déplaise, je confirme ma question ! Assurant que la jeune femme qui s'est fait tuer dans une bâtisse, à *Rutherford* même — voilà qui évoque les mélodrames du bon vieux temps ! — soit une inconnue pour vous tous, je ne comprends pas pourquoi notre sœur paraît affolée.

— Un assassinat ne s'oublie pas aussi facilement, répliqua Harold. Certaines personnes sont plus sensibles que vous ! Et les crimes sont peut-être monnaie courante là où il vous plaît de passer votre vie, je veux parler de Majorque.

— Ibiza, et non pas Majorque, interrompit ironiquement Cedric.

Harold haussa les épaules.

— En Angleterre, nous prenons un meurtre plus au sérieux que les Latins que vous fréquentez. Et, Cedric, laissez-moi vous dire qu'on n'assiste pas à une enquête dans de tels vêtements.

— Vous oubliez que, dans ma hâte d'être auprès de ma famille à un moment pénible, j'ai oublié de faire mes bagages. D'autre part, je suis peintre, et il plaît à un artiste de se sentir confortable.

— Dois-je comprendre que vous essayez toujours de peindre ?

— Attention, Harold ! Je n'apprécie guère cette façon de vous exprimer.

L'atmosphère était tendue. Aussi Mr Wimborne s'éclaircit-il la voix avant d'intervenir avec autorité :

— Cette discussion n'est pas de mise. J'ai rendez-vous avec l'inspecteur Bacon, à *Rutherford Hall*. Dans mon esprit, la cause du drame est assez claire : comme Emma nous l'a confirmé, la cachette de la clef était un secret de Polichinelle. Il est donc plus que probable qu'au cours de l'hiver, des couples se sont donné rendez-vous dans la place. Un certain soir, une querelle d'amoureux a eu lieu, et un quelconque jeune homme a dû perdre tout contrôle de lui-même. Epouvanté de son crime, il a jeté des regards désespérés autour de lui et il a aperçu le sarcophage. Vous devinez la suite.

Attentive, Lucy pensait que cette version pouvait être admise par ceux qui ignoraient l'origine de l'affaire.

Mais Cedric n'avait pas dit son dernier mot :

— Ne pensez-vous pas que les amoureux auxquels vous venez de faire allusion auraient dû habiter non loin de *Rutherford Hall*, à Brackhampton ? Or, personne n'a encore reconnu la victime !

— Trop tôt, répliqua Wimborne, mais l'identification ne fait aucun doute. Il n'est pas exclu que l'inconnue soit venue d'assez loin.

Le peintre se fit ironique :

— Si j'étais une jeune femme désirant rencontrer un ami préféré, je n'accepterais pas un rendez-vous dans une salle glaciale et éloignée de ma demeure. Vous semblez oublier que nous sommes en plein hiver !

Remarque qui valut à son auteur une nouvelle apostrophe de Harold.

— Est-il vraiment nécessaire d'entrer dans toutes ces considérations ?

A ce moment, la voiture s'arrêtait devant le perron de *Rutherford Hall*.

CHAPITRE VIII

A son entrée dans la bibliothèque, Mr Wimborne ne put réprimer un léger tressaillement : son regard s'était porté sur un homme de belle prestance, qui se tenait auprès de Bacon.

Celui-ci fit rapidement les présentations :

— Voici l'inspecteur-détective Craddock, de New-Scotland Yard.

— Scotland Yard ?... Hum ! murmura le notaire, tout en fronçant les sourcils.

Avec une parfaite courtoisie, Craddock engagea aussitôt la conversation.

— Nous avons été saisis de l'affaire, monsieur Wimborne. Du fait que vous représentez la famille Crackenthorpe, j'estime qu'il n'est que justice de vous communiquer les informations déjà en notre possession, à titre confidentiel, s'entend.

L'inspecteur n'avait pas son égal pour aborder un sujet délicat. Peu de mots, en vérité, mais ils suffisaient pour faire comprendre à un interlocuteur tout le sérieux d'une situation.

— Mon collègue Bacon est d'accord, je suppose ? demanda-t-il aussitôt, tourné vers celui-ci.

L'interpellé acquiesça avec toute la solennité voulue. L'attitude des deux policiers tendait à donner l'impression que cette entrée en matière n'avait pas été préparée à l'avance, mais le notaire ne fut sans doute pas dupe.

— Voici, reprit l'inspecteur. Une première enquête nous a permis d'établir d'une part que la victime s'est rendue de *Londres* à Brackhampton ; d'autre part, qu'elle est arrivée dans la capitale assez récemment, et qu'elle venait *de l'étranger*. De France, probablement, mais nous n'en sommes pas encore certains.

Mr Wimborne donnait des signes d'impatience, mais il se contint.

— Vraiment ? dit-il simplement.

— Les choses étant ainsi, intervint Bacon, mes chefs ont estimé que Scotland Yard était mieux qualifié que nous pour continuer les recherches.

— Je ne puis qu'espérer qu'elles aboutiront bientôt, répondit froidement le notaire. Vous vous rendez certainement compte que toute cette affaire est une source de graves ennuis pour mes amis. Bien que n'étant pas personnellement impliqués dans le drame, ils...

Une courte hésitation s'ensuivit, et ce fut Craddock qui acheva la phrase :

— ... n'apprécient guère la découverte d'un cadavre dans la propriété de leur père. Je le conçois, mais mon accord avec vous se limite à ce point. Maintenant, je désirerais avoir un bref entretien avec chacun des membres de la famille.

— Je ne vois pas...

— ... ce qu'ils seraient à même de révéler ? Probablement rien de très intéressant, mais on ne saurait en être certain. Au fait, seriez-vous disposé à me donner, vous-même, quelques renseignements sur *Rutherford Hall* et les Crackenthorpe ?

— Mais quel rapport entre eux et l'inconnue venue de l'étranger pour se faire tuer ici ?

— Précisément, c'est le point qu'il conviendrait d'éclaircir : pourquoi est-elle venue *ici* ? A-t-elle fréquenté cette propriété autrefois ? Se peut-il qu'elle y ait servi en tant que domestique — femme de chambre, par exemple ? Ou avait-elle l'intention de retrouver un ancien locataire connu d'elle ?

Suggestion qui irrita Mr Wimborne : il répliqua que, depuis sa construction, par Josiah Crackenthrope, en 1884, *Rutherford Hall* n'avait été habité que par la famille.

— Voilà qui est intéressant, nota Craddock avec le plus grand calme. Mais permettez-moi d'insister : je désirerais avoir des éclaircissements sur cette famille, précisément.

Le court récit du notaire n'ajouta rien aux faits déjà connus. Aussi l'inspecteur risqua-t-il une question :

— A propos, Mr Luther Crackenthrope, l'actuel propriétaire de la propriété, n'a-t-il jamais envisagé de la vendre ?

— A quoi cela lui eût-il servi ? Le testament de son père le lui interdit formellement !

— Important, cela ! Et pourriez-vous me révéler la teneur de ce testament ?

L'homme de loi se raidit encore davantage :

— Pourquoi le ferais-je ?

D'une voix suave, Craddock répliqua sur-le-champ :

— Tout simplement pour gagner du temps. Vous n'ignorez pas qu'il m'est possible de prendre connaissance du double à Somerset House (1) ?

---

(1) Bureaux de l'enregistrement.

Bien contre sa volonté, Mr Wimborne esquissa un sourire :

— Je le sais, mais je tenais à souligner l'inopportunité de votre demande. Cela précisé, il n'y a aucun mystère dans les dernières volontés de Josiah : le défunt a laissé son immense fortune en trusts, le revenu devant être versé à son fils cadet Luther — vous savez que l'aîné a trouvé la mort dans un accident. Après le décès de Luther, le capital sera partagé en parties égales entre ses propres enfants. Or, Edmund et Edith sont décédés ; le premier n'a pas de descendance. Donc la fortune ira à Cedric, Harold, Emma et au fils d'Edith, Alexander Eastley.

— Qu'adviendra-t-il de *Rutherford Hall* même ?

— La propriété est destinée au plus âgé des survivants. C'est-à-dire à Cedric ou à ses éventuels descendants.

Après un court moment de réflexion, l'inspecteur reprit la parole :

— En somme, Luther Crackenthorpe ne peut disposer ni de la propriété, ni du capital laissé par son père Josiah ?

— D'accord !

— Etrange situation ! Dois-je supposer que Josiah était en mauvais termes avec Luther ?

— Il faut bien l'admettre. Déjà, la conduite de son fils aîné lui avait déplu : un paresseux ! Par surcroît, Luther, le fils cadet donc, se prit à parcourir l'Europe pour rassembler une collection... d'objets d'art (pensez au sarcophage !) et Josiah n'apprécia guère cette forme d'activité. Ne vous étonnez donc pas des stipulations du testament !

— Donc, pour le moment, les enfants de Luther n'ont aucun revenu en dehors de leurs gains personnels et il leur faut attendre la mort de leur père, qui, de son côté, n'a aucun pouvoir. Voilà qui est clair !

— Vous avez parfaitement compris. Toutefois, je ne vois toujours pas le rapport entre les clauses que vous connaissez maintenant et la mort d'une jeune femme inconnue... venue de l'étranger.

— Il semble ne pas y en avoir, répliqua promptement Craddock, mais je désire éclaircir la situation.

Le regard pénétrant du notaire s'attarda sur son vis-à-vis. Puis, sans doute satisfait, Mr Wimborne se prépara à prendre congé :

— Je me propose de rentrer à Londres, à moins que vous n'ayez l'intention de me poser d'autres questions.

— Non, répondit posément Craddock. Et je vous remercie, monsieur.

Le son du gong résonna soudainement dans le hall.

— Encore ces collégiens qui se livrent à quelque fantaisie ! s'exclama le notaire.

Elevant la voix — le bruit allait *crescendo* — Craddock prit une décision :

— Peut-être pensent-ils que le déjeuner se fait attendre ! Eh bien ! nous laisserons la famille se restaurer en paix. Toutefois, l'inspecteur Bacon et moi-même désirons revenir, disons vers quatorze heures quinze pour mener à bien les entretiens auxquels je me suis déjà référé.

Rappel qui indisposa Mr Wimborne.

— Croyez-vous qu'ils soient *vraiment* nécessaires ?

Son interlocuteur haussa les épaules :

— Peut-être l'une des personnes interviewées pourra-t-elle se rappeler un détail qui nous mettrait sur la voie.

Maussade, le notaire prit le chemin du hall.

2

De retour de l'enquête du coroner, Lucy s'était rendue dans la cuisine ; il y aurait plusieurs invités au déjeuner. Alors qu'elle s'affairait, Bryan Eastley fit son apparition sur le seuil de la porte.

— Est-il possible de vous aider ? demanda-t-il. Je crois que je peux me rendre utile dans une maison.

Quelque peu surprise, Lucy lui jeta un coup d'œil interrogateur. Bryan étant revenu à *Rutherford Hall* dans sa petite voiture, la jeune femme n'avait pas eu l'occasion de l'observer. Maintenant, elle pouvait constater que l'aspect de son visiteur inattendu n'était pas déplaisant : Eastley paraissait être un homme aimable et encore jeune. Des cheveux châtains, des yeux bleus quelque peu mélancoliques. Ses énormes moustaches évoquaient un ancien pilote de la R. A. F.

Dans l'attente d'une réponse, il s'était assis sur le bord d'une grande table.

— Puis-je vous demander de vous lever ? dit

Lucy. Il me faut poser le plat du Yorshire pudding (1).

Bryan s'empressa d'obéir.

— Il accompagne généralement l'habituel roast-beef de la vieille Angleterre, répondit-il. Quelle odeur sympathique ! Mais, peut-être ne devrais-je pas vous ennuyer avec mon bavardage.

— Puisque vous êtes disposé à m'aider, répondit la jeune femme sur un ton enjoué, retournez donc les pommes de terre ; elles vont roussir.

Ce qui fut fait sur-le-champ.

— Maintenant, reprit Lucy, mettez le pudding dans le four.

L'aide-cuisinier se précipita, mais il poussa un petit cri.

— Vous vous êtes brûlé ? s'enquit Lucy.

— Oh ! rien de grave. Décidément, la cuisine n'est pas de tout repos.

— Je suppose que vous ne vous en occupez jamais ?

— Au contraire, je suis très souvent obligé de mettre la main à la pâte. Mais mon talent se limite aux œufs et au bacon ; parfois, une grillade.

— Il doit être agréable de vivre à Londres ?

— Si vous appelez cela vivre ! murmura-t-il assez tristement.

Puis, il se prit à contempler la cuisine.

— Voilà qui évoque le bon temps, quand j'étais encore chez mes parents !

Il semblait perdu dans ses souvenirs et son émotion, maîtrisée à grand-peine, retenait toute l'atten-

---

(1) Sorte de flan servi avec le roastbeef.

tion de Lucy. Elle réalisa qu'il était plus âgé qu'il ne le paraissait à première vue. Quoi qu'il en fût, aucune ressemblance avec son fils Alexander.

Progressivement, Eastley la portait à penser à ces jeunes pilotes qu'elle avait côtoyés pendant la guerre, alors qu'elle était à peine une adolescente. Pour sa part, Lucy s'était adaptée à l'évolution issue du conflit mondial ; en revanche il lui semblait que Byran avait été « transporté » tel quel d'une époque à l'autre.

— Vous étiez pilote de chasse, dit-elle, et avez été cité à l'ordre du jour ?

— Ce fut la cause de mes difficultés : les gens se sont enthousiasmés pour les aviateurs et, la paix venue, ils ont voulu exprimer leur reconnaissance en nous procurant des emplois. Très gentil de leur part, mais être fonctionnaire, voilà qui ne répond pas à mon caractère. Vous me voyez assis dans un bureau, faisant d'interminables additions ? A plusieurs reprises, j'ai essayé d'échapper à cette ambiance, de faire *quelque chose*. Hélas ! il m'eût fallu une aide, financière, j'entends. Ah ! si j'avais un petit capital à ma disposition...

Il soupira avant de continuer :

— Vous n'avez pas connu ma femme Edith ?... Non, évidemment ! Elle était tout à fait différente des autres membres de la famille, après avoir servi dans les W. A. F. F. (1). Je l'entends encore dire de son père qu'il était un affreux menteur, doublé d'un avare. Entre nous, miss Eyelessbarrow, pourquoi

---

(1) Jeunes femmes qui s'étaient engagées daus un corps auxiliaire pour la durée de la guerre.

cette avarice ? Il ne peut emporter sa fortune avec
lui et elle profitera quand même à ses héritiers, la
part d'Edith allant à Alexander, quand il aura vingt
et un ans.

A ce moment, le jeune garçon, accompagné de
James Stoddard West, fit son apparition, hors d'haleine et le visage rougi par le froid.

— Bonjour, Bryan ! dit-il gentiment à son père.
Je vois que vous avez atterri dans la cuisine.

Les rôles semblaient renversés ; on eût dit un chef
de famille s'adressant à son fils avec indulgence.
Puis, regardant les plats, il s'écria :

— Quelle splendide pièce de bœuf !

— Laissez-moi passer, interrompit Lucy, il me
faut préparer la sauce !

— Deux bols au moins, j'espère, répliqua Alexander.

Très digne, Stoddard West s'avança :

— Pouvons-nous être de quelque utilité, miss ?

— Excellente idée ! Alexander, allez donc taper
sur le gong ; c'est l'heure. Quant à vous, James,
portez ce plateau dans la salle à manger.

Les deux collégiens se précipitèrent. Mr Wimborne se trouvait dans le hall et enfilait posément
ses gants, tandis qu'Emma descendait de sa chambre.

— Vous ne voulez pas partager notre repas, monsieur Wimborne ? demanda-t-elle.

— Impossible, ma chère. J'ai un rendez-vous important à Londres et il y a le wagon-restaurant.

— Je tiens à vous remercier d'avoir bien voulu
nous réconforter par votre présence.

A ce moment, Craddock et Bacon sortaient de la bibliothèque. Ce que voyant, le notaire se rapprocha de miss Crackenthorpe :

— Ne vous tourmentez pas, Emma. Voici l'inspecteur Craddock, de Londres, qui prend l'affaire en main. Il viendra après le déjeuner et vous posera quelques questions ; vos réponses peuvent lui être de quelque utilité. Mais je tiens à vous répéter qu'il n'y a rien qui soit susceptible de vous inquiéter.

S'adressant à Craddock, il demanda :

— Puis-je communiquer à miss Crackenthorpe ce que vous m'avez dit ?

— Certainement !

— Donc, Emma, l'inspecteur m'a déclaré être presque certain que le crime ne relève pas des autorités locales. D'abord, tout porte à croire que la victime est venue de Londres ; ensuite qu'il s'agit d'une étrangère.

— Une étrangère ? s'écria Emma. Serait-elle *Française ?*

La réaction de la jeune femme qu'il avait voulu rassurer prit le notaire par surprise. Son regard se détourna.

En revanche, les yeux de Craddock se fixèrent instantanément sur le visage de miss Crackenthorpe. L'inspecteur se demandait pourquoi elle pensa immédiatement à une Française et quelle était la raison de sa nervosité.

CHAPITRE IX

1

Quatre personnes seulement firent honneur à l'excellent déjeuner : Lucy, les deux jeunes gens et Cedric Crackenthorpe. Celui-ci ne paraissait nullement ému par le drame qui l'avait rappelé en Angleterre. Même on eût pu le croire enclin à considérer cela comme une bonne farce, une farce macabre à la manière des rapins.

Son attitude, nota Lucy, choquait Harold au-delà de toute expression ; ce crime, devait-il penser, était une insulte à l'égard d'une famille respectable. Pour sa part, Emma demeurait soucieuse ; Alfred, lui, semblait plongé dans des méditations toutes personnelles.

Après le repas, les deux policiers revinrent et demandèrent à s'entretenir avec Cedric. D'une voix plaisante, presque amicale, Craddock invita le peintre à s'asseoir.

— Je crois savoir que vous êtes revenu tout spécialement des Baléares. Vous vivez là-bas ?

— Depuis six ans. Je préfère leurs vives couleurs à la grisaille de ce morne pays.

— Le soleil y luit plus souvent qu'ici, j'en suis certain. Mais passons aux faits : il paraît que vous êtes déjà venu à *Rutherford Hall* pour les fêtes de Noël. Pourquoi ce nouveau voyage ?

— J'ai reçu un télégramme de ma sœur, Emma. Il n'y avait jamais eu de crime dans la propriété même. Aussi n'ai-je pas voulu manquer l'occasion...

— Vous vous intéressez à la criminologie ?

— Oh ! il n'est pas nécessaire d'avoir recours à des mots aussi compliqués. Le fait est que les assassinats éveillent ma curiosité. « Qui est le coupable ? » vous me comprenez, j'en suis certain. D'autant qu'en l'occurrence, l'assassin a « opéré » pour ainsi dire à notre porte. En outre, j'ai pensé qu'Emma pouvait avoir besoin de soutien — ne fût-ce que pour apaiser notre père et recevoir la police.

— En somme, l'affaire en appelait à vos instincts... sportifs et à vos sentiments familiaux. Je ne doute pas que votre sœur vous en soit reconnaissante — bien que vos deux frères soient également venus à ses côtés.

— Eux, ne cherchent pas à la réconforter. Harold, par exemple, est terriblement contrarié. Pensez ! Il ne plaît guère à un magnat du négoce d'être mêlé à l'assassinat d'une femme douteuse.

L'inspecteur haussa légèrement les sourcils.

— Etait-elle... une femme douteuse ?

— A vous de juger. D'après les faits, on serait tenté de le croire !

— Hum ! Je pensais qu'il vous serait peut-être facile de risquer une conjecture.

— Voyons, inspecteur ! Ne vous souvenez-vous pas qu'il m'a été impossible de l'identifier ?

— J'ai dit une conjecture. Vous pouvez très bien n'avoir jamais *vu* cette femme et être à même de faire des suppositions, de penser à des indices ?

Cedric secoua la tête :

— Vous faites fausse route ! Je n'ai aucune idée à son sujet. Mais auriez-vous l'intention de me suggérer que cette personne s'est rendue dans le musée pour rencontrer un membre de la famille ?... Impossible, car il faudrait admettre que la victime avait un rendez-vous avec mon père vénéré — seul habitant mâle au moment du crime ?

— Il se pourrait, répliqua Craddock, ignorant cette ironie, que ladite femme ait eu, autrefois, un lien quelconque avec *Rutherford Hall*. Reportez vos pensées en arrière, monsieur Crackenthorpe.

Cedric réfléchit pendant un moment, puis fit un geste de dénégation avant de répondre :

— De temps à autre, nous avons eu, comme beaucoup d'autres, des domestiques étrangers, mais, pour ma part, je ne vois sincèrement aucun rapport. Demandez plutôt aux membres de la famille qui n'ont jamais quitté le pays. Ils en savent plus long que moi.

— Je n'y manquerai pas. Passons à autre chose : comme vous l'avez appris à l'enquête, l'autopsie n'a pas permis de préciser le jour du crime. Un peu plus de deux semaines, voire trois, dit le médecin légiste. Voilà qui le situe aux environs de Noël et vous m'avez confirmé votre présence ici à cette époque. Au fait, quand êtes-vous arrivé en Angleterre et quand en êtes-vous reparti ?

Un court silence et Cedric répondit :

— Voyons... j'ai pris l'avion et je suis arrivé le samedi précédant Noël, c'est-à-dire... le 21 décembre.

— Vous veniez directement de Majorque ?

— Oui, l'avion a décollé dans la matinée et a atterri dans l'après-midi.

— Et votre retour...

— ... a eu lieu le vendredi suivant, le 27, donc.
— Merci.

Cedric esquissa une grimace.

— Voilà qui me place, malheureusement, dans la période compromettante — il haussa les épaules — mais l'étranglement des jeunes femmes n'est pas le genre de sport que je pratique pour célébrer Noël.

— Je l'espère, monsieur Crackenthorpe.

Silencieux, l'inspecteur Bacon se contentait de jeter sur Cedric des regards réprobateurs. Tant et si bien que le peintre s'adressa à lui :

— Commettre un crime à un pareil moment équivaudrait à nier la haute signification de cette fête : paix et bonne volonté.

Ce fut Craddock qui répondit plus que brièvement :

— Cela suffira, monsieur. Merci.

— Que pensez-vous de ce gaillard ? demanda l'inspecteur de Scotland Yard, quand la porte se fut refermée sur Cedric.

Bacon fit une moue significative :

— Plutôt effronté, pour tout dire. Je ne peux supporter ce type d'homme. Tous des libertins, les artistes ! Et tout à fait capables de se compromettre avec une aventurière.

— Il n'a certainement pas étranglé notre inconnue, répondit Craddock, s'il n'a pas quitté Majorque avant le 21. Il nous sera facile de vérifier.

Bacon lui jeta un regard aigu.

— J'ai remarqué que vous n'avez pas autrement insisté sur la date exacte du crime.

— J'aime toujours garder un atout en réserve pour les interrogatoires suivants. Et maintenant voyons ce que le gentleman de la City, Harold, va nous révéler.

Très digne, l'homme d'affaires. Hélas ! son témoignage se borna à des bribes de phrases : « affaire plus que regrettable, désagréable au possible... les journaux nous importunent... leurs reporters sollicitent des interviews ».

Cette jérémiade terminée, Harold se tint raide sur son siège, dans l'attitude d'un homme qui renifle de mauvaises odeurs.

L'insistance de Craddock n'aboutit à aucun résultat. Harold ne savait rien, ne voulait faire aucune supposition, admettant simplement qu'il était arrivé à *Rutherford Hall*, la veille de Noël et que son séjour s'était prolongé jusqu'à la fin du week-end suivant.

— Et c'est tout ! dit Craddock, après son départ.

L'inspecteur était convaincu que Harold refusait de se rendre utile. Aussi fit-il appeler Alfred qui entra avec une nonchalance un tantinet exagérée.

A la vue du nouveau témoin, Craddock eut l'impression qu'il ne lui était pas inconnu. Il l'avait certainement vu quelque part — ou s'agissait-il d'une photo parue dans un journal ? Quoi qu'il en fût, ses souvenirs semblaient évoquer des incidents peu flatteurs pour l'intéressé.

L'inspecteur lui ayant demandé sa profession, Alfred esquissa un geste vague

— Pour le moment, dit-il, je m'occupe d'assurances. Tout récemment, je me suis intéressé au lancement d'un nouveau type de machine parlante. Sensationnel ! Et je n'ai pas mal réussi.

Craddock donnait l'impression de l'écouter avec

sympathie, et nul n'aurait pu se douter qu'en réalité, son attention s'était portée sur le complet neuf que portait son vis-à-vis : l'élégance toute superficielle, d'une étoffe bon marché. Si les vêtements de Cedric, le peintre, étaient en mauvais état, en revanche l'excellence de leur coupe était indiscutable, et le tissu de très bonne qualité. Avec Alfred, il s'agissait d'un trompe-l'œil ; du « tout fait », en somme.

Mettant un terme à son discret examen, l'inspecteur posa les questions habituelles ; Alfred semblait disposé à s'intéresser à l'affaire.

— Peut-être était-il logique de suggérer que cette femme a servi dans la maison, dit-il. Il y a beaucoup de main-d'œuvre étrangère dans la région ; nous avons eu deux Polonaises et une Allemande. Mais le fait qu'Emma n'ait pas reconnu la victime réduit votre suggestion à zéro. Ma sœur est très physionomiste, voyez-vous. D'autre part, je sais qu'aucune de ses domestiques n'a été engagée à Londres... A propos, pourquoi pensez-vous que la victime soit venue de la capitale ?

La question fut posée sur un ton presque indifférent, mais le regard d'Alfred exprimait une vive curiosité.

Un léger sourire constitua la seule réponse de Craddock. Pour sa part, Alfred ne le quittait plus des yeux.

— Vous ne voulez pas me le dire, hein ! Un billet de retour dans ses poches.

— Possible, monsieur Crackenthorpe.

— Admettons donc que la femme ait pris le train à Londres. Sans doute, l'individu qu'elle devait rencontrer ici estimait-il que le musée serait un endroit propice à un crime ; de toute évidence, il connaissait la propriété à fond. C'est *lui* que je rechercherais si j'étais à votre place.

— C'est ce que nous faisons, répliqua placidement l'inspecteur.

Et il donna toute leur signification à ces quelques mots.

2

— Je ne suppose pas que vous ayez besoin de moi ? demanda Bryan Eastley, qui hésitait à franchir le seuil de la porte.

Craddock lui fit un signe d'entrer :

— Vous aviez épousé Edith Crackenthorpe, et elle est morte il y a cinq ans ?

— C'est exact !

— Eh bien ! soyez le bienvenu, surtout si vous êtes en mesure de nous aider en quoi que ce soit.

— Je n'ai malheureusement pas cette impression. Cette affaire est tellement bizarre, ne pensez-vous pas ? Une femme qui vient de loin pour rencontrer un quelconque sadique dans une salle glaciale... et cela en plein hiver !

— Assez inattendu ! voulut bien convenir l'inspecteur.

— Est-il vrai qu'elle soit une étrangère ?

— Le fait qu'elle ne soit pas de notre race vous suggère-t-il quelque chose ? demanda Craddock, appuyant sur les deux derniers mots.

Mais le témoin volontaire n'hésita pas :

— Non, en toute franchise.

— Il est possible qu'il s'agisse d'une Française, intervint Bacon, d'un ton rogue.

Bryan parut s'animer :

— Oh ! Oh ! une envoyée du « gay Paris » !...

Il secoua la tête presque aussitôt.

— A tout prendre, voilà qui ajoute encore à l'invraisemblance de toute cette histoire !

Sans paraître s'émouvoir de cette remarque, Craddock insista :

— Est-il exclu que votre famille ait eu des contacts avec une Française ?

Un léger haussement d'épaules, et Bryan répondit :

— Les Crackenthorpe sont trop timorés. Harold dédaigne les étrangers. Pour sa part, Alfred ne se préoccupe guère du sexe faible, il passe sa vie à monter des affaires douteuses qui tournent court, la plupart du temps. Quant à Cedric, il lui suffit de fréquenter, aux Baléares, des señoritas qui se feraient tuer pour lui. Etonnantes, ses conquêtes, car l'homme ne se rase pas souvent et donne l'impression de ne jamais se laver ! Mais ces détails ne vous aident guère, n'est-ce pas ?

Il rit assez bruyamment avant d'ajouter :

— Mieux vaudrait vous assurer les services de mon fils Alexander. Avec son camarade, le jeune Stoddard West, il cherche déjà des pistes dans tous les coins. Je ne serais pas tellement étonné qu'ils réussissent !

Peu convaincu, Craddock remercia Bryan et déclara qu'il désirait parler à miss Crackenthorpe.

3

L'inspecteur de Scotland Yard regardait Emma avec encore plus d'attention qu'auparavant ; l'expression qu'il avait surprise sur son visage, avant le déjeuner, ne laissait pas de l'intriguer.

Une femme placide, à première vue, pensait-il. Ni sotte, ni supérieurement intelligente. L'une de ces personnes au charme discret que les hommes apprécient, parce qu'elles s'entendent à transformer un quelconque intérieur en un foyer reposant et harmonieux à souhait. Toutefois, sous les apparences d'une douceur à toute épreuve, se cache souvent une force de caractère qu'il convient de ne pas négliger. Et Craddock inclinait à penser que la clef du mystère du sarcophage était peut-être cachée dans les replis du cerveau d'Emma.

Il entama la conversation sur un ton détaché :

— Je suppose qu'il ne vous reste pas grand-chose à ajouter aux déclarations que vous avez déjà faites à l'inspecteur Bacon. Aussi éviterai-je de vous importuner outre mesure.

— Posez-moi toutes les questions que vous jugerez utiles, lui fut-il répondu.

Craddock s'inclina :

— Merci ! Comme vous l'a dit Mr Wimborne, nous en sommes arrivés à la conclusion que la victime n'était pas anglaise. Ce qui, dans un certain sens, peut vous rassurer, votre notaire le pense du reste. Cependant, l'identification de l'inconnue devient encore plus difficile.

— N'a-t-on rien trouvé à cet égard ? Un sac à main, des papiers ?
— Hélas !
— Et vous n'avez pas d'indice, quant... au pays d'où elle est venue ?

Craddock réfléchit rapidement : « En fait, elle est plus qu'*anxieuse* de le savoir. Et pourquoi ?... »

— Pas encore, dit-il. C'est pourquoi j'espérais que vous pourriez nous aider... Etes-vous absolument certaine que ce soit impossible ? Bien que vous n'ayez pas été capable d'identifier le cadavre, peut-être avez-vous une idée toute personnelle à son égard ?

Il eut la vague impression que la jeune femme hésitait quelque peu.

— Non ! répondit-elle enfin.

Imperceptiblement, l'attitude de Craddock se raidissait ; le ton de sa voix devint plus incisif :

— Quand Mr Wimborne vous a révélé que la femme était une étrangère, vous avez immédiatement pensé à une Française. Pour quelle raison ?

Emma ne parut nullement déconcertée ; seul réflexe, un imperceptible haussement des sourcils.

— Ai-je fait allusion à une Française ? Oh ! oui, je me souviens maintenant, mais je serais incapable de préciser la raison... si ce n'est qu'on a souvent tendance à croire qu'un étranger ne peut être que français, jusqu'au moment où sa véritable nationalité est découverte.

— Ainsi, vous n'aviez aucun motif précis ?
— Aucun ! affirma-t-elle.

Le regard acéré de Craddock la laissa indifférente. Ce que voyant, l'inspecteur fit un signe à Bacon qui s'empressa de sortir de sa poche le poudrier trouvé par Lucy Eyelessbarrow sur le remblai du chemin de fer.

— Reconnaissez-vous cet objet ? demanda Craddock.

Un rapide examen, et Emma secoua la tête :

— Il ne m'appartient pas.

— Et vous ignorez qui en est la propriétaire ?

— Totalement !

— Dans ces conditions, nous ne vous retiendrons pas plus longtemps — pour le moment. Merci, miss Crackenthorpe.

Elle eut un bref sourire et sortit, donnant à Craddock l'impression que son empressement à disparaître pouvait signifier qu'elle avait craint le pire.

— Croyez-vous qu'elle soit au courant de quelque chose ? s'enquit Bacon.

La réplique de son collègue fut quelque peu énigmatique :

— A un certain stade, on est porté à soupçonner qu'un témoin se refuse à révéler tout ce qu'il sait.

— D'accord ! Mais, très souvent, il s'agit de détails qui n'ont rien à voir avec l'affaire en cours : quelques peccadilles d'ordre privé, dont on redoute la révélation.

— Je ne l'ignore pas. Cependant...

Craddock n'eut pas le temps d'achever sa phrase, car la porte s'ouvrit brusquement et Luther Crackenthorpe fit son apparition, donnant libre cours à une vive indignation.

— C'est une honte ! Scotland Yard envahit ma demeure et n'a même pas la courtoisie de s'adresser en premier au chef de la famille ! Qui est le maître ici ? Je voudrais bien le savoir. Répondez !

S'étant levé sur-le-champ, Craddock répondit avec toute la courtoisie voulue :

— Vous, naturellement, monsieur ! Toutefois, je pensais que vous aviez confié à mon collègue tout ce que vous saviez, et du fait que votre santé laisse à désirer, nous voulions vous éviter une nouvelle épreuve. Le docteur Quimper nous a dit que...

— La vérité est que je ne suis pas robuste, mais tout bon docteur qu'il est, Quimper ressemble aux vieilles femmes il ne cherche qu'à m'envelopper dans du coton. Je dirai même qu'il est *timbré*. Ainsi, la veille de Noël, à propos de cette indigestion... bagatelles que tout cela ! Le fait est que je suis en assez bon état pour essayer de vous aider. Pensez donc ! Un crime, chez moi, plus exactement dans ce bâtiment qui remonte à la reine Elisabeth, première du nom ! Mais foin d'architecture : que désirez-vous savoir ? Et quels sont vos plans ?

— Il est encore un peu tôt pour parler de plans, monsieur Crackenthorpe. Nous nous efforçons encore d'identifier la victime.

— Pourquoi s'est-elle rendue chez moi ? riposta le vieillard. Peut-être pensez-vous qu'elle fréquentait l'un de mes chers fils ? Dans ce cas, voyez Alfred, Harold est hors de cause : trop snob ! Cedric, lui, ne daigne pas vivre dans son pays natal. Alors, c'est clair : il s'agit de l'un des jupons d'Alfred. Et, voyant que la belle se disposait à le rejoindre, un quelconque jaloux l'a suivie et... Qu'en dites-vous ?

Diplomatiquement, Craddock répondit que cette théorie ne manquait pas d'à-propos, tout en précisant que ledit Alfred n'avait pas reconnu la victime.

— Peuh ! s'écria le vieillard. Il a peur voilà

tout ! Toujours été un poltron, cet Alfred ! Et il ment comme un arracheur de dents. Aucun de mes fils n'est digne de confiance ; tous des vautours qui attendent ma mort... Eh bien ! si je ne puis rien faire pour vous, je me retire. Il me faut du repos.

Après son départ, Bacon se tourna vers son collègue :

— L'un des jupons d'Alfred ? J'ai idée que le vieux a inventé toute cette histoire.

Il hésita un instant avant d'ajouter :

— Voyez-vous, mon impression est que le digne Alfred doit être laissé en dehors de tout cela. Certes, c'est un roublard, mais aucun instinct criminel. A propos, je me demande si cet ex-aviateur...

— Bryan Eastley ?

— Oui. Il m'a été donné d'avoir affaire à deux anciens pilotes de chasse. Ayant connu trop tôt le goût de l'aventure et la perspective d'une mort violente, leurs semblables estiment qu'une existence normale est dépourvue d'attrait. Dans ces conditions, comment s'étonner que ces gaillards ne reculent devant aucun risque ? Dans la lutte *pour* la vie, l'homme du commun joue ses cartes avec précaution — respect de la moralité ou crainte du gendarme ; les anciens pilotes, eux, n'ont peur de rien ; le mot prudence n'existe pas dans leur vocabulaire. Si Eastley a fréquenté une femme et qu'il ait éprouvé ensuite le besoin de la supprimer...

A ce stade de ses commentaires, Bacon fit un geste significatif.

— ... Mais, s'empressa-t-il d'ajouter, pourquoi cacher le cadavre dans un sarcophage appartenant à son beau-père ?

Craddock admit qu'un tel acte eût été un défi au bon sens.

— Continuez-vous vos interrogatoires ? demanda son collègue.

L'inspecteur ayant esquissé un geste de dénégation, Bacon suggéra un retour immédiat à Brackhampton : l'heure du thé ! Mais Craddock répondit qu'il lui fallait voir une vieille connaissance.

CHAPITRE X

1

Assise, tête droite, dans un décor de porcelaines chinoises, le salon de la fidèle Florence, miss Marple parlait à Dermot Craddock :

— Je suis si heureuse que cette affaire vous ait été confiée !

— Dès la réception de votre lettre, répondit l'inspecteur, j'ai pris contact avec mon chef. Précisément, il venait d'être informé par la police de Brackhampton que le crime ne semblait pas relever des autorités locales, et il a écouté avec la plus grande attention tous les détails que je lui ai donnés à votre sujet. Sans doute, mon parrain lui avait-il parlé de vous...

— Ce cher Sir Henry ! murmura miss Marple.

— Puis-je vous révéler ses impressions ?

— Oui... à la condition que cela ne constitue pas une infraction au règlement.

— Nullement. Donc, il a tout d'abord pensé à une histoire rocambolesque imaginée par deux dames âgées, puis il a admis que, contre toute attente, ladite histoire était corroborée par les faits. Sa conclusion fut rapide : « Puisque vous connaissez l'une de ces « dames, je vous charge de l'enquête ! » « Et me voici devant vous ! Toutefois, la visite que je me permets de vous rendre n'a aucun caractère officiel : mes assistants habituels ne m'ont pas accompagné. J'ai pensé que mieux valait abattre nos atouts respectifs.

— Excellente idée ! Et que savez-vous de l'affaire ?

— Tous les éléments de début : les déclarations de Mrs McGillicuddy à la police de St. Mary Mead et au contrôleur du train, sans oublier la note adressée au chef de gare de Brackhampton. J'ai également pris connaissance des rapports de l'administration des chemins de fer et des inspecteurs de la région. Mais votre sagacité éclipse le tout ; vous avez un don de devineresse !

— Devineresse ! Certainement pas. J'avais un atout sérieux : Elspeth McGillicuddy est mon amie, et n'oubliez pas qu'elle ne ressemble pas à ces personnes âgées qui donnent libre cours à une débordante imagination.

— J'en suis convaincu, mais il est regrettable qu'elle se soit embarquée pour Ceylan. Toutefois, nous avons fait le nécessaire pour qu'elle soit interrogée là-bas.

Un court moment de silence s'ensuivit.

— Mon raisonnement n'a pas été original, reprit

miss Marple. Souvenez-vous de Mark Twain (1) et de son histoire du petit garçon qui cherchait un cheval égaré. Qu'a-t-il fait ?... Il s'est tout simplement demandé où il irait s'il était à la place du quadrupède... et le cheval se trouvait bel et bien à l'endroit voulu !

— Ainsi, vous vous êtes mise, pour ainsi dire, dans la peau du personnage, en l'occurrence celle d'un affreux assassin ? s'étonna Craddock qui ne pouvait détacher son regard de son vis-à-vis, si frêle, sous son auréole de cheveux blancs. Vraiment votre esprit...

— ... est insondable, affirme souvent mon neveu Raymond, répondit miss Marple avec tout le sérieux voulu.

— Eh bien ! confondez-vous encore davantage avec le criminel et dites-moi où il a eu l'idée de se cacher !

Son vis-à-vis hocha la tête :

— Je voudrais bien vous satisfaire, mais je n'ai pas le moindre soupçon à ce sujet ! Cependant, il doit s'agir d'un individu qui connaît *Rutherford Hall* à fond.

— D'accord ! Mais voilà qui conduit à toutes sortes de suppositions. Nombreuses sont les personnes qui ont fréquenté le fameux musée : les membres de la Défense passive, puis les délégués de l'Assistance aux vieillards ont pu repérer le sarcophage. Tous savaient où trouver la clef ! Ce qui revient à dire que, les bavardages aidant, le moindre recoin était connu à la ronde, et qu'une *quelconque* per-

---

(1) Célèbre humoriste américain.

sonne a dû penser que l'endroit se prêtait admirablement à ses desseins.

— Qui pourrait le contester ? Et je comprends toutes vos difficultés.

Craddock soupira :

— Nous n'arriverons à rien aussi longtemps que le cadavre ne sera pas identifié !

— Ce qui ne sera sans doute pas facile...

— Oh ! nous finirons par réussir ! Certes, nous avons déjà contrôlé tous les cas de disparition de femmes, susceptibles de se rapporter à notre affaire. En vain ! Le médecin légiste estime que la victime devait avoir environ trente-cinq ans, qu'elle était en bonne santé, probablement mariée et qu'elle a eu au moins un enfant. Son manteau de fourrure, de médiocre qualité, a été acheté chez un revendeur londonien, mais il n'a pas reconnu la photo de la morte. Ses autres vêtements semblent d'origine étrangère — achetés, pour la plupart à Paris. En conséquence, nous avons pris contact avec la police parisienne et elle effectue des recherches. Tôt ou tard, quelqu'un surgira et nous avisera de la disparition d'une parente ou d'une locataire. Une question de temps, en somme.

— Le poudrier n'a été d'aucune utilité ?

— Non, malheureusement. C'est un objet bon marché qu'on vend par dizaines rue de Rivoli. A propos, vous auriez dû le remettre sur-le-champ à la police — ou plutôt, à miss Eyelessbarrow qui l'a trouvé.

— Si une jeune femme s'entraînant au golf ramasse un colifichet dans l'herbe, pensez-vous vraiment qu'elle va s'empresser d'alerter les autorités ?

Et *j'ai pensé* qu'il était plus sage de retrouver d'abord le cadavre.

L'inspecteur parut surpris.

— Vous me donnez l'impression de n'avoir jamais douté de cette découverte ?

— En effet ! Lucy Eyelessbarrow est très intelligente, voyez-vous !

— Qui pourrait le contester ? Même, j'oserai dire qu'elle m'effraie. Quel dynamisme ! Une de ces femmes qu'un homme n'oserait pas épouser...

— Oh ! je ne suis pas tout à fait de votre avis, Dermot. Evidemment, son mari devrait se montrer compréhensif. Mais comment se comporte-t-elle à *Rutherford Hall* ?

— Fantastique ! La famille s'est pratiquement rangée derrière elle. Je dirais même, s'il s'agissait d'oiseaux, que tous viennent manger dans sa main ! A propos, les Crackenthorpe ignorent la mission dont vous l'aviez chargée et nous nous sommes tus à ce sujet.

— Parfait ! Mais Lucy n'a plus rien à faire pour mon compte personnel, puisque le but que je lui avais assigné est atteint.

— Donc, elle pourrait donner son congé, si elle le désirait ?

— Oui.

— Et elle reste... pourquoi ?

— Je l'ignore. Peut-être s'intéresse-t-elle...

— ... à l'affaire ?... ou à la famille ?

— Il n'est pas impossible que les deux soient liés !

Craddock lui jeta un regard aigu :

— Vous avez certainement une idée personnelle à ce sujet ?
— Moi ? Oh ! non.
— Je me permets d'insister.

Miss Marple fit un geste de dénégation.

— Dans ces conditions, reprit l'inspecteur, peu convaincu, il ne me reste qu'à poursuivre mon enquête selon la routine habituelle. La vie d'un policier est parfois monotone !

Il hésita avant d'ajouter :

— Alors, aucune suggestion ?

La vieille demoiselle semblait réfléchir. Relevant brusquement la tête, elle murmura :

— Je pensais à des détails qui évoquent les tournées théâtrales...

— Hein ! s'écria Craddock, stupéfait.

— Oui, ces tournées qui vont de ville en ville. Les artistes qui en font partie sont la plupart du temps séparés de leurs familles et ne correspondent pas souvent avec elles. Tant et si bien que l'un d'eux — disons une femme — serait susceptible de disparaître sans que ses proches en soient avertis sur-le-champ.

L'inspecteur tressaillit :

— Voilà une précieuse indication ! Nous allons essayer d'en tirer parti. Mais pourquoi souriez-vous ?

— Je me demande quelle sera la réaction de Elspeth McGillicuddy quand elle apprendra la découverte du cadavre !

2

— Ça... alors ! s'écria Mrs McGillicuddy.

La digne dame ne trouvait pas de mots pour exprimer sa surprise et son regard s'attardait sur le jeune officier de police cinghalais qui, très affable — souriant même — lui montrait plusieurs photographies.

S'étant enfin ressaisie, elle put s'expliquer :

— C'est bien elle ! affirma-t-elle de son habituelle voix péremptoire. Pauvre femme ! Eh bien ! je suis heureuse qu'on ait enfin retrouvé son cadavre. Figurez-vous que personne ne voulait me croire, ni la police, ni les employés du chemin de fer ! Et il est irritant de passer pour une hallucinée ! Maintenant, personne ne pourra insinuer que je n'ai pas fait mon devoir !

Son interlocuteur s'inclina en signe d'approbation.

— Voyons, reprit Mrs McGillicuddy, le corps a été découvert ?...

— ... Dans un vieux bâtiment dépendant d'une propriété appelée *Rutherford Hall* et située près de la ville de Brackhampton.

— Je n'ai jamais entendu parler de ce domaine. Comment la dépouille de cette malheureuse a-t-elle pu y être transportée ?

Le jeune policier tardant à répondre, elle ajouta vivement :

— Je suppose que Jane Marple est entrée en action, et on pouvait lui faire confiance.

Son interlocuteur jeta un rapide coup d'œil sur ses notes :

— L'auteur de la trouvaille est une certaine miss Lucy Eyelessbarrow.

— Totalement inconnue ! Mais vous ne m'ôterez pas de la tête que Jane Marple est à la source !

Un léger haussement d'épaules — que lui importait ? — et le policier en revint au point principal :

— De toute façon, vous maintenez que la femme figurant sur ces photos est bien celle que vous avez vue dans un train...

— ... et qu'un homme étranglait ?... Oui, je le maintiens !

— Cet homme, comment était-il ?

— Très grand... brun...

— Et... ?

— Impossible de donner plus de détails : il me tournait le dos.

— Le reconnaîtriez-vous, toutefois ?

— Impossible. Je n'ai pas vu son visage.

— Aucune idée quant à son âge ?

Mrs McGillicuddy se prit à penser.

— Peut-être ne s'agissait-il pas d'un tout jeune homme, si j'en juge par la carrure de ses épaules, dit-elle enfin. Disons entre trente-cinq et quarante ans. A la vérité, mon attention s'était surtout portée sur la victime qui s'offrait à ma vue, gorge serrée comme dans un étau et visage bleui... J'en rêve encore maintenant !

— Spectacle pénible ! convint le policier qui referma son carnet de notes. Quand rentrez-vous en Angleterre ?

— Pas avant trois semaines... Mais sera-t-il nécessaire que j'abrège ?

— Oh ! non. A moins qu'une arrestation...

Et l'entretien prit fin.

Deux jours après, Mrs McGillicuddy reçut une lettre de miss Marple. L'écriture était serrée, telle une toile d'araignée, et nombreuses étaient les phrases soulignées. Toutefois, la destinataire avait l'habitude de déchiffrer les épîtres de son amie et à la conclusion de sa lecture elle ne put s'empêcher de donner libre cours à sa joie — son orgueil, peut-être.

« Jane et moi... nous leur avons montré ce dont nous étions capables ! » pensait-elle.

CHAPITRE XI

1

— Vous comprendre me semble une impossibilité ! s'écria Cedric Crackenthorpe.

Appuyé contre le mur délabré d'une porcherie désaffectée, il dévisageait Lucy Eyelessbarrow.

— Que voulez-vous donc savoir ? répondit posément la jeune femme.

— Ce que vous faites exactement à *Rutherford Hall*.

— Je gagne ma vie !

— En tant que bonniche ! répliqua-t-il avec quelque mépris.

— Vous ne vivez pas avec votre siècle ! Bonniche, dites-vous ? Certainement pas ! Je suis spécialisée dans la supervision d'un foyer. Plus exactement, je représente cette sorte d'ange gardien que les familles réclament à grands cris.

— Vous n'allez pas prétendre que vos occupations,

dans cette propriété, répondent à vos goûts personnels : préparer les repas, faire les lits, vous agiter un peu partout avec un balai ou un aspirateur, plonger vos bras dans l'eau graisseuse.

Lucy ne put réprimer un éclat de rire :

— Les menus détails peuvent paraître déplaisants, mais cuisiner des plats répond à mes goûts personnels, et, en ce qui concerne le reste, qu'il me soit permis de vous dire qu'une force irrésistible me pousse au nettoyage : j'ai horreur du désordre !

— Le désordre ? Mais c'est l'image même de ma propre vie. A vrai dire, il ne me déplaît nullement.

Un rapide coup d'œil sur son vis-à-vis et la jeune femme répliqua :

— Votre allure semble le confirmer !

Cedric haussa les épaules :

— Voyez-vous, ma petite bicoque, à Ibiza, est d'une extrême simplicité : un lit étroit, deux chaises peu solides, une table rustique, sans oublier trois assiettes, deux tasses, une unique soucoupe... Le désordre règne en maître, avec, un peu partout, des taches de peinture, et des blocs de pierre. Ne suis-je pas tout à la fois peintre et sculpteur ? Personne n'a le droit de toucher à quoi que ce soit : pas de femme dans la place !

— A aucun titre ?

— Que voulez-vous dire ?

— Je pense qu'un artiste a parfois besoin de détentes... sentimentales !

— Cela ne regarde que moi, riposta Cedric, non sans dignité. Ce que je veux éviter à tout prix, c'est la présence d'une femme qui, sous couleur de faire le ménage, s'efforce d'imposer ses quatre volontés.

L'allusion était directe, mais Lucy soutint le regard de l'artiste :

— J'aimerais mettre de l'ordre chez vous, répondit-elle posément. Mon intervention serait une sorte de défi !

— En somme, vous êtes l'une de ces femmes qui entendent mettre leur nez partout, et je me rends compte qu'il *vous* appartenait de découvrir un cadavre dans un sarcophage...

Un moment de silence, et il ajouta :

— Le plus cocasse est que vous paraissez vous entendre avec mon père. Que pensez-vous de lui ?

— Il me faut avouer que je n'ai guère eu le temps d'étudier son comportement.

— Inutile d'éluder ma question ! Son avarice dépasse toute description et, à mon humble avis, l'homme déraisonne parfois. Naturellement, il ne peut nous sentir — à l'exception d'Emma, peut-être. Son antipathie découle du testament de grand-père.

— Le testament...

— Oui ! Mon père ne touche que le revenu d'une fortune dont le partage n'aura lieu qu'après sa mort. Aussi s'emploie-t-il à économiser le moindre penny de ses rentes, et la somme mise ainsi de côté doit déjà atteindre un joli total. Dois-je vous dire qu'Harold, Alfred, Emma et moi-même n'avons pas reçu un penny de la fortune de l'aïeul ? Il convient de préciser que, si je suis resté un artiste « sans-le-sou », Harold, en revanche, s'est lancé dans les affaires — il est de ceux qui savent faire jaillir l'argent ; cependant, le bruit court qu'il traverse une mauvaise passe. Quant à Alfred, je ne l'envie guère ; dans la famille, on l'appelle « Risque-Tout ».

— Pourquoi ?

— Vous me semblez toujours aussi curieuse ! Eh bien ! sachez que, seule, la Providence a voulu qu'il n'ait pas encore pris pension dans une prison. Affecté au ministère du Ravitaillement pendant la guerre, le gaillard s'est vu congédier pour des motifs sur lesquels mieux vaut ne pas s'étendre. Puis, il a imaginé des combinaisons douteuses — le marché noir, dit-on. Oh ! rien de sensationnel : juste ce qu'il faut pour éviter le pire.

D'un geste, Lucy l'interrompit :

— Ne croyez-vous pas qu'il soit dangereux de révéler ces secrets à... une étrangère ?

— Seriez-vous une indicatrice à la solde de la police ?

— Je pourrais l'être !

— Vous ne m'en donnez pas l'impression. Je dirais plutôt que...

L'entrée d'Emma dans la cuisine l'interrompit.

— Hello ! lança-t-il à l'adresse de sa sœur. Mais vous me paraissez soucieuse ?

— Comment pourrais-je le nier, Cedric ? Il faut que je vous parle.

— Je suis attendue au premier étage, intervint Lucy qui se retira discrètement.

— Agréable personne, dit le peintre à Emma. Qui est-elle exactement ?

— Pour le moment, il ne s'agit pas de miss Eyelessbarrow ! Je suis terriblement inquiète. La police pense que l'inconnue du sarcophage est une étrangère — une Française peut-être. Cedric, répondez-moi franchement : ne croyez-vous pas qu'il puisse s'agir de... *Martine* ?

2

Pendant quelques instants, Cedric regarda sa sœur sans avoir l'air de comprendre.

— Du diable si je connais... Oh ! je me souviens vous voulez dire la... Enfin : *Martine* ?

— Evidemment !

— Et pourquoi s'agirait-il de... *Martine* ?

— Oubliez-vous la lettre que j'ai reçue, puis ce mystérieux télégramme expédié avant la découverte du cadavre ? Tout compte fait, peut-on exclure que cette femme soit venue, quand même, à *Rutherford Hall* et...

— Absurde ! Pour quelle raison aurait-elle fait ce déplacement, plus exactement dans quel but aurait-elle choisi le musée de notre père ?

Emma ne paraissait pas convaincue.

— Je me demande si nous ne devrions pas parler de Martine à l'inspecteur Bacon ou à son collègue ; par exemple, révéler...

— Révéler quoi ?

— Le rôle qu'elle a joué, ainsi que l'envoi de la lettre et du télégramme.

— Il n'en est pas question ! Vous n'allez pas créer de nouvelles difficultés en faisant allusion à des détails qui n'ont absolument rien à voir avec le crime. Au surplus, je n'ai guère pris cette lettre au sérieux !

— Elle m'a profondément troublée, en revanche !

— Naturellement ! Vous avez toujours eu tendance à admettre des impossibilités ! Mon opinion est qu'il vous faut tenir votre langue. C'est à la police qu'il appartient d'identifier le précieux cadavre. Et je parierais qu'Harold est de mon avis.

— Vous gagneriez ! Et il en est de même pour Alfred. N'empêche que je n'ai pas la conscience tranquille. Que puis-je faire ?

— Rien ! Sinon vous taire. « N'allez jamais au-devant des ennuis ! », telle est ma devise.

Emma soupira longuement avant de se retirer. A la vérité, elle se sentait mal à l'aise.

Au moment où elle s'engageait dans une allée du jardin, le docteur Quimper sortait de la maison et se dirigeait vers sa vieille voiture. Ayant aperçu la jeune femme, il l'observa attentivement, avant de la rejoindre.

— Je viens de voir votre père, dit-il. Il est en parfaite santé. Décidément, les crimes semblent le revigorer. Il faudra que je recommande cette sorte de cure à d'autres clients !

Emma haussa les épaules. Aucune réaction n'échappait au praticien.

— Des ennuis ? s'enquit-il.

La jeune femme ne le quittait pas des yeux : elle savait que la sympathie de son interlocuteur ne lui ferait jamais défaut. N'était-il pas devenu l'ami de la famille, un ami dont la bonté se cachait parfois sous une feinte brusquerie ?

— Oui ! répondit-elle enfin.

— Désirez-vous me les révéler ?... Ne me dites rien si telle n'est pas votre intention, car je veux éviter de faire pression sur vous.

— Ma confiance en vous est totale, mais le fait est que je ne sais quoi décider !

— Pourtant, votre jugement est généralement logique. De quoi est-il question ?

— Vous vous souvenez peut-être des propos que

je vous ai tenus au sujet de mon frère — celui qui est mort au début de la guerre ?

— S'agit-il de ses projets de mariage avec une Française ?

— Exactement ! Peu de temps après la réception de la lettre expédiée de France et dans laquelle il y faisait allusion, Edmund a été tué et, depuis, nous n'avons plus entendu parler de cette femme... du moins jusqu'à l'approche de Noël.

— Je sais : elle vous a écrit...

— ... Nous informant qu'elle était en Angleterre et qu'elle désirait venir nous voir. Tout fut arrangé pour une rencontre et, à la dernière minute, un télégramme nous a avisés qu'il lui fallait rentrer en France sur-le-champ.

— Alors ?

— Eh bien ! la police pense que la femme du sarcophage était... française !

— Pas possible ? Elle semblait avoir plutôt le type anglais. Quoi qu'il en soit, je crois comprendre que vous vous demandez avec anxiété si elle n'est pas la personne que votre frère fréquentait ?

— Oui !

— Cela me paraît improbable pour le moins ! Toutefois, je me rends compte de votre état d'esprit.

— Ne vaudrait-il pas mieux aviser la police ? Cedric et les autres estiment que c'est inutile. Qu'en pensez-vous ?

Tête penchée, le docteur Quimper se donna le temps de la réflexion : en fait, cette question posait un problème délicat, surtout au médecin de la famille.

— Il va de soi, répondit-il avec circonspection, qu'il serait plus simple de ne rien dire et je comprends parfaitement l'attitude de vos frères. Toutefois...

— Toutefois ?

Quimper regardait Emma et ses yeux exprimaient une profonde affection :

— A votre place, dit-il, je ne cacherais rien aux inspecteurs, car, dans le cas contraire, vous ne cesserez de vous tourmenter. Je vous connais bien, voyez-vous !

— Sans doute ne suis-je qu'une petite sotte !

— Certainement pas ! Agissez selon votre conscience, mon enfant, et envoyez le reste de la famille au diable ! Je défendrai votre point de vue contre n'importe qui.

CHAPITRE XII

1

— Vous, jeune fille, entrez dans cette pièce !

Surprise, Lucy se retourna et aperçut Mr Crackenthorpe. Caché derrière une porte entrebâillée, il lui faisait signe de le rejoindre.

— Vous avez besoin de moi, monsieur ?

— Ne posez pas de questions, mais obéissez !

Le ton était sans réplique. Aussi se dirigea-t-elle vers lui. Pas assez vite cependant, car le vieillard la saisit par un bras et la tira à l'intérieur, non sans refermer la porte derrière elle.

Lucy jeta un rapide coup d'œil. Ils se trouvaient dans une petite pièce, apparemment un cabinet de travail, mais elle semblait abandonnée depuis longtemps. Des liasses de papiers poussiéreux recouvraient le pupitre d'un bureau archaïque et des toiles d'araignées foisonnaient dans les angles du plafond.

— Vous désirez sans doute que je mette de l'ordre ?

— Non ! répliqua Mr Crackenthorpe. C'est mon sanctuaire ! Et je ne me sépare jamais de la clef. Oh ! Emma voudrait bien pénétrer ici, mais je m'y refuse. Admirez plutôt ces spécimens géologiques.

Lucy suivit son regard et aperçut une douzaine de pierres dont quelques-unes étaient soigneusement polies.

— Intéressant ! dit-elle, sans conviction, mais il me reste beaucoup à faire, avec six invités dans la maison.

— Tous ces gens finiront par me ruiner avec leur appétit féroce ! Et ils n'ont jamais offert de m'imdemniser. Mais leur espoir secret sera déçu, car je ne me sens nullement disposé à mourir.

— Je n'en ai jamais douté !

— A la bonne heure ! Eh bien ! regardez ceci.

Il la conduisit devant un meuble énorme en vieux chêne. Lucy se sentait d'autant moins à l'aise que les doigts du vieillard lui serraient fortement le bras. De toute évidence, Mr Crackenthorpe avait recouvré toute ses forces pour la circonstance.

— Ce meuble vient de la résidence des parents de ma mère. Il faut quatre hommes pour le changer de place. Et vous ne savez certainement pas ce que j'ai déposé à l'intérieur. Voulez-vous voir ?

— Volontiers ! répondit la jeune femme.

— Curieuse, hein ? Toutes les femmes sont curieuses.

Il sortit une clef de sa poche et ouvrit le placard du bas. Puis, s'étant saisi d'une cassette, il fit jouer la serrure.

— Regardez, *ma chère* !

D'une main sûre, il sortit une sorte de cylindre soigneusement enveloppé dans un papier. Puis, lentement, il dégagea l'une des extrémités : des pièces d'or tombèrent dans son autre main, qu'il avait avancée.

— Touchez-les ! murmura-t-il. Vous les reconnaissez ?... Non, vous êtes trop jeune ! Ce sont des souverains : ces bons vieux souverains dont nous pouvions nous servir avant ces billets de banque crasseux qui ne valent pratiquement rien ! Je les mets de côté depuis longtemps. Et j'ai encore d'autres trésors que je tiens en réserve pour l'avenir. Emma l'ignore ; tous l'ignorent ! Ce sera notre secret, n'est-ce pas, *ma chère* ? Savez-vous pourquoi je vous révèle tout cela ?

— Non, mais vous allez me le dire, sans doute.

— Je suis veuf depuis longtemps. Pour autant que je puisse m'en souvenir, ma femme ne cessait jamais de se plaindre. A vrai dire, je n'ai jamais pris ses récriminations au sérieux et elle me cédait toujours : aucune volonté ! Quel contraste avec vous... Laissez-moi vous donner un bon conseil : ne vous laissez pas tenter par un godelureau. Tous ces jeunes ne valent pas chipette. Songez plutôt à assurer votre avenir. *Attendez...*

Il serra encore un peu plus fort le bras de Lucy,
puis lui parla à l'oreille :

— *Attendez!* dis-je. Tous ces idiots croient que
je vais bientôt passer dans un autre monde, alors
que je ne serais pas surpris de leur survivre. A ce
moment-là, *nous verrons*. Oh! oui, nous verrons.
Harold n'a pas d'enfant. Cedric et Alfred ne sont
pas mariés. Quant à Emma, elle restera célibataire.
Il y a bien Alexander, le fils d'Edith, et je l'aime
beaucoup. Oui, voilà qui est ennuyeux : Alexander
me plaît !

Il fit une pause, puis, fronçant les sourcils, il
ajouta :

— Que pensez-vous de tout cela, petite fille ?

— Miss Eyeslessbarrow, où êtes-vous ?

La voix d'Emma, provenant du hall, se faisait
entendre opportunément.

— Votre fille m'appelle, dit Lucy au vieillard.
Tous mes remerciements pour vos confidences !

— N'oubliez pas : sachez attendre ! murmura
Mr Crackenthorpe.

— Je me souviendrai ! assura la jeune femme,
qui sortit sur-le-champ.

De fait, elle se demandait si elle ne venait pas
d'entendre une proposition de mariage... sous certaines conditions.

2

Dermot Craddock assis dans son petit bureau, à
New Scotland Yard, un coude négligemment appuyé
sur la table, téléphonait à la préfecture de police de

Paris et en français ; cette langue lui étant assez familière.

— Ne l'oubliez pas : il ne s'agissait que d'*une* idée !

— Mais cette idée me paraît positive, lui fut-il répondu à l'autre bout du fil. J'ai ordonné des enquêtes dans tous les milieux intéressés. Déjà, l'un de mes inspecteurs assure qu'il suit plusieurs pistes intéressantes. Espérons que l'une d'elles nous conduira au but. Voyez-vous, quand elles n'ont pour ainsi dire aucun contact avec leur famille, les femmes de cette catégorie peuvent aisément disparaître de Paris : nul ne s'en soucie. Elles partent en tournée ou un homme surgit dans leur vie. Quoi qu'il en soit, je regrette que la photo transmise par vos services ne facilite pas les recherches, et il faudra étudier à fond les rapports que nous recevrons. Au revoir, *mon cher* (1) !

Craddock raccrochait l'écouteur, quand une note fut déposée devant lui :

Miss Emma Crackenthorpe désire voir l'inspecteur Craddock. Motif : l'affaire de Rutherford Hall.

— Faites monter cette personne, dit simplement le policier au messager.

Songeur, Craddock se renversa sur sa chaise. Ainsi, il ne s'était pas trompé : Emma Crackenthorpe savait quelque chose — rien de sensationnel, probablement, mais *quelque chose*. Et elle décidait de l'en informer.

---

(1) En français dans le texte anglais.

Dès l'entrée de la visiteuse, il se leva et lui serra la main, avant de l'inviter à s'asseoir. Une minute ou deux s'écoulèrent dans un profond silence.

« Elle doit chercher ses mots », pensa l'inspecteur, qui se pencha vers elle.

— Vous désirez me parler, miss Crackenthorpe ? Puis-je vous aider ? Disons que certains faits vous tourmentent. Peut-être n'ont-ils guère d'importance et sont-ils sans lien apparent avec l'affaire en cours. Cependant le moindre détail a son utilité... S'agirait-il de l'identité de la victime ? Avez-vous l'impression, maintenant, qu'elle ne vous est pas totalement inconnue ?

— Ce n'est pas exactement cela, mais...

— ... Mais vous avez un doute et votre conscience est troublée !

Rassemblant tout son courage, la jeune femme se décida à parler :

— Vous avez vu trois de mes frères. Le quatrième, Edmund, a été tué en France pendant la guerre. Peu de temps avant sa mort, il m'avait écrit.

Elle ouvrit son sac à main, se saisit d'une lettre jaunie par le temps et, lut à haute voix :

J'espère que vous n'aurez pas un choc : j'ai décidé d'épouser une jeune Française. Notre décision a été rapidement prise, mais je suis certain que Martine vous plaira et que vous prendrez soin d'elle, si je venais à disparaître. Je vous donnerai tous les détails voulus dès le début de la semaine prochaine. A ce moment-là, nous serons mariés. Annoncez la nouvelle à mon père avec toutes les précautions désirables. Sans doute, poussera-t-il des rugissements !

Craddock tendit une main. Comme à regret, Emma lui remit la lettre, puis reprit la parole sur un ton saccadé.

— Plusieurs jours après la réception de cette missive, les autorités militaires nous ont avisés qu'Edmund n'était pas rentré à sa base : *Manquant. Probablement tué*, était-il spécifié. Plus tard, nous avons eu confirmation de sa mort. Cela peu de temps avant Dunkerque, alors que la confusion régnait partout. Dans les papiers de mon frère, aucune mention d'un mariage, et Martine n'a pas donné signe de vie. La paix venue, j'ai voulu entreprendre des recherches, mais j'ignorais le nom de jeune fille de cette femme. A bout d'arguments, j'en suis arrivée à croire que le mariage n'avait pas eu lieu, ou que Martine avait trouvé la mort au cours d'un bombardement.

Du geste, l'inspecteur l'invita à continuer.

— Jugez de ma surprise, dit-elle, quand j'ai reçu, il y a environ un mois, une lettre signée *Martine Crackenthorpe*.

— Puis-je la voir ?

De nouveau, Emma chercha dans son sac, puis donna la missive à son interlocuteur. L'écriture, régulière et appuyée, paraissait être celle d'une personne ayant reçu une certaine éducation.

Chère mademoiselle,

J'ignore si Edmund vous a informée de notre mariage. Du moins, m'avait-il assuré qu'il vous écrirait à ce sujet. Mon mari a été tué quarante-huit heures après la cérémonie, et les Allemands ont occupé no-

*tre village. A la cessation des hostilités, j'ai décidé
de ne pas prendre contact avec vous, bien qu'avant
sa mort, Edmund me l'eût conseillé. La vérité est
que j'avais refait ma vie et que je ne voyais pas la
nécessité de vous importuner. Maintenant, hélas ! il
en est tout autrement, et, dans l'intérêt même de
mon fils, je vous adresse ce message, car je ne suis
plus en mesure d'assurer à l'enfant de votre frère
l'éducation à laquelle il a droit.*

*Je serai en Angleterre dans quelques jours. Voulez-vous avoir l'obligeance de me faire savoir où je
pourrais vous rencontrer ? Mon adresse est 126, Elvers Crescent Road, Londres N. 10. J'espère que
ma démarche ne sera pas jugée inopportune.*

Veuillez agréer, etc.

Craddock demeura silencieux pendant une bonne
minute, puis il relut la lettre.

— Qu'avez-vous décidé après avoir pris connaissance de ce message ? demanda-t-il.

— Quand je l'ai reçue, mon beau-frère, Bryan
Eastley, était auprès de moi et je me suis confiée à
lui. Il m'a conseillé d'avertir Harold, celui de mes
frères qui est directeur d'une importante affaire à
Londres : « Il vous faut être très prudent », m'a-t-il
dit « et faire toutes les vérifications voulues. »

Une courte pause, et elle ajouta :

— Conseil avisé, mais l'auteur de la lettre pouvait
être vraiment cette *Martine* et, dans ce cas, il convenait de ne pas l'ignorer. Aussi, pris-je sur moi
d'écrire à l'adresse indiquée pour l'inviter à venir
à *Rutherford Hall*. Quatre jours plus tard, je reçus
un télégramme de Londres ainsi conçu :

Regrette profondément être obligée rentrer immédiatement en France. Martine.

« Aucune nouvelle depuis.
— Pouvez-vous me préciser la date à laquelle ce télégramme vous a été remis ? Ou me le remettre ?
— Je l'ai égaré, mais je me souviens de l'avoir reçu à l'approche de Noël, car je désirais inviter Martine pour la fête traditionnelle et mon père s'y est formellement opposé. Dans ces conditions, j'ai suggéré qu'elle passe le week-end suivant cette fête avec nous. »

Un moment de silence, et Craddock reprit la parole :
— En toute sincérité, croyez-vous que la femme du sarcophage pourrait être... *Martine* ?
— Vous aviez fait allusion à une étrangère... et je ne puis m'empêcher de...

Sa voix faiblissait. Compatissant, l'inspecteur s'empressa de répondre :
— Vous avez agi sagement. De tout cela, on serait enclin à déduire que l'auteur de la lettre a regagné la France et qu'elle s'y trouve encore. Cependant, je constate des coïncidences de dates qui, d'ailleurs, n'ont pas échappé à votre sagacité. Ainsi que l'enquête l'a établi, la mort de la victime remonte à trois ou quatre semaines. Mais, miss Crackenthorpe, ne vous tourmentez pas : fiez-vous à moi !

Un léger toussotement et il posa une nouvelle question :
— Vous avez consulté Mr Harold, m'avez-vous dit. Et les autres membres de la famille ?
— Naturellement, j'ai dû avertir mon père.

Comme prévu il s'est emporté, prétendant que cette histoire n'était qu'un prétexte pour lui soutirer une forte somme ! Mes deux autres frères furent mis au courant. Alfred pensa qu'il s'agissait d'une farce, sans exclure cependant la possibilité d'une imposture. Quant à Cedric, il se désintéresse de tout ce qui ne le touche pas directement, et il n'exprima aucune idée.

Nous finîmes par décider de recevoir Martine en présence de notre notaire, Mr Wimborne. Nous n'en avions pas encore discuté longuement avec lui quand le télégramme arriva.

— Avez-vous d'autres détails à me donner ?

— Oui : j'ai écrit une deuxième lettre à Londres avec la mention « faire suivre ». Aucune réponse !

— Plutôt curieux ! Admettant que le premier message signé « Martine » soit authentique, quels seraient vos sentiments à l'égard de la veuve de votre frère ?

Le visage d'Emma se détendit.

— J'aimais beaucoup Edmund ; il était mon préféré. Tout compte fait, le texte de la lettre me paraît être exactement celui qu'écrirait une jeune femme en de pareilles circonstances. Les événements auxquels elle fait allusion semblent normaux : après la guerre, Martine a dû se remarier ou fréquenter un autre homme qui la protégeait ainsi que l'enfant. Ou cet homme est mort, ou il l'a quittée. Que pouvait-elle faire, sinon s'adresser à la famille d'Edmund — qui, lui-même, le lui avait conseillé ? Toutefois, l'attitude d'Harold m'a troublée. « Si cette lettre a été écrite par une aventurière, il ne peut s'agir que d'une femme au courant de tous les faits », m'a-t-il déclaré. Je l'admets, mais...

— ... Mais il ne vous déplairait pas que la lettre fût authentique !

Le regard d'Emma exprimait une certaine sympathie.

— Oui ! Je serais si heureuse d'accueillir le fils de mon frère !

D'un geste, Craddock acquiesça, et après une courte pause il reprit l'entretien :

— A première vue, la lettre donne l'impression d'avoir été écrite par Martine. Ce qui me paraît surprenant, c'est la suite : le soudain départ de cette femme pour la France — Paris, probablement — et le fait que vous n'ayez plus entendu parler d'elle. Votre réponse n'a pu cependant lui déplaire, puisque vous acceptiez de la recevoir. Pourquoi n'a-t-elle pas écrit, après ce télégramme évasif ? Remarquez que cette question ne vaut que si la lettre est authentique, car, dans le cas contraire, les événements sont plus facilement explicables. Peut-être, Mr Wimborne a-t-il procédé à une enquête dont la personne en question a eu vent ; effrayée, elle a quitté le pays. Il est encore possible que vos frères aient pris une initiative similaire... avec le même résultat. L'intéressée pensait peut-être n'avoir affaire qu'à vous seule ; les femmes n'étant généralement pas aussi méfiantes que les hommes, elle espérait obtenir une aide importante pour l'enfant, et sans grande difficulté. A propos, il ne s'agirait plus d'un enfant à l'heure présente, car le fils de votre frère devrait avoir près de dix-sept ans. Vous rendez-vous compte que son existence serait susceptible de poser de sérieux problèmes ? Né légitimement, il deviendrait l'un des héritiers de la fortune laissée par votre grand-père.

Emma en convint.

— Et, reprit Craddock, en sa qualité de descendant de Mr Edmund, fils aîné, il hériterait de *Rutherford Hall !*

Cette précision bouleversa Emma.

— Ne perdez pas votre sang-froid, conseilla l'inspecteur. Le principal est que vous soyez venue me voir et je vais faire toutes les recherches nécessaires. D'ores et déjà, il paraît extrêmement probable qu'il n'y a aucun rapport entre la personne qui a écrit la lettre et la femme du sarcophage.

— Je suis très heureuse de m'être confiée à vous, répondit Emma. Vous êtes très bienveillant à mon égard.

Craddock la reconduisit jusqu'à la porte de son bureau, puis il téléphona à l'un de ses adjoints :

— Bob ! J'ai une mission à vous confier. Allez au 126, Elvers Crescent avec les photos de la femme de *Rutherford Hall*. Essayez d'obtenir tous les renseignements voulus sur une personne qui prétendait s'appeler Martine Crackenthorpe. Ou elle a séjourné dans l'immeuble, ou elle s'est contentée d'y prendre son courrier, disons entre le 15 et le 31 décembre.

Dans l'après-midi, l'inspecteur rendit visite à un imprésario qu'il connaissait, mais le résultat de l'entrevue fut plutôt décevant. A son retour à New Scotland Yard, il trouva un télégramme de Paris sur son bureau :

Vos renseignements pourraient s'appliquer à Anna Stravinska, danseuse des ballets Maritski. Stop. Votre présence serait utile. Dessin préfecture.

Craddock poussa un grand soupir de soulagement :
« Enfin, pensa-t-il, voilà qui éclaire le problème Martine... »
Et, le soir même, il prenait le ferry-boat.

CHAPITRE XIII

1

— Juste ciel ! s'écria Emma. J'allais oublier que j'ai demandé à miss Eyelessbarrow de nous présenter sa tante, aujourd'hui même !
— Remettez cette visite à plus tard, répliqua Harold (plutôt agressif). Il nous faut encore discuter entre nous, et la présence d'étrangers est inopportune.
— Que Lucy et sa tante s'installent à la cuisine, ou ailleurs ! appuya Alfred.
— Impossible ! répondit sa sœur. Ce serait incorrect.
— Laissez-la venir ici, conseilla Cedric. Nous pourrons peut-être l'amener à nous donner des précisions concernant Lucy. Il me plairait d'en savoir davantage sur cette fille. La vérité est qu'elle ne m'inspire guère confiance. Trop habile, à mon avis.
— Cependant, elle a de hautes relations, et on n'a rien relevé de défavorable à son égard, reprit Harold. Voyez-vous, j'ai fait prendre toutes sortes de rensei-

gnements : rien de plus naturel quand il s'agit d'une personne assez curieuse pour découvrir le cadavre d'une femme dans un sarcophage !

— Si nous connaissions seulement le nom de la victime ! s'écria Alfred.

Harold haussa les épaules avant de se tourner vers sa sœur.

— Permettez-moi de dire, Emma, que vous ne deviez pas jouir de toutes vos facultés quand vous avez suggéré à la police que la morte pouvait être l'amie française d'Edmund. L'inspecteur Craddock sera tenté de croire qu'elle est venue ici et que l'un de nous l'a tuée.

— Harold ! protesta Emma, n'exagérez pas...

— Mon frère a raison, coupa Alfred. Je ne sais quel mobile vous a poussée à prendre cette initiative. Pour ma part, j'ai l'impression d'être suivi partout par des inspecteurs en civil.

Ce fut au tour de Cedric d'intervenir :

— J'avais conseillé à ma sœur de se taire, mais Quimper l'en a dissuadée.

— De quoi se mêle-t-il ? gronda Harold. Qu'il s'en tienne donc à ses pilules !

— Oh ! assez de disputes ! dit Emma avec lassitude. A vrai dire, je ne suis pas mécontente de la visite de cette miss... Peu importe son nom ! Du moins, la présence d'une étrangère vous obligera-t-elle à interrompre des discussions interminables... Je vais faire un brin de toilette.

Après son départ, Harold se prit à réfléchir ; puis il se tourna vers ses frères.

— Comme Cedric l'a souligné à plusieurs reprises, il est étrange que cette Lucy ait pris sur elle d'ouvrir un sarcophage — travail herculéen ! Nous devrions peut-être envisager certaines précautions. D'autant qu'au cours du déjeuner, j'ai trouvé son attitude plutôt hostile.

— Fiez-vous à moi, répondit Alfred. Je saurai bientôt à quoi m'en tenir à son sujet.

— Il faut surtout connaître la raison pour laquelle elle s'est acharnée sur le sarcophage !

— Au fait, est-on absolument certain qu'il ait été ouvert par elle ?

— Alors, par qui ?... Et dans quel but ? demanda Harold, qui semblait bouleversé.

Les trois frères se regardèrent avec insistance.

— Et cette damnée femme qui vient prendre le thé, reprit Harold, alors que nous avons grand besoin de réfléchir !

— Patience ! répliqua Alfred, nous aurons l'occasion de parler ce soir. Entre-temps, essayons de cuisiner notre invitée.

-:-

— Vraiment trop aimable à vous de m'avoir invitée à prendre le thé avec votre famille, dit miss Marple à Emma Crackenthorpe.

Avec ses châles et ses écharpes de laine angora, la visiteuse était l'image même d'une charmante vieille demoiselle dont le visage au teint rosé émerge de la peluche. Rayonnante de joie, elle regardait tour à tour Harold, toujours élégant ; Alfred, affable au possible ; Cedric, debout devant la cheminée, et boudant quelque peu l'assistance.

— Nous sommes très heureux de vous recevoir, assura Emma d'une voix polie.

Conduite par Lucy, miss Marple s'était confortablement assise près du feu. Maintenant, elle remerciait Alfred qui ne cessait de lui offrir des sandwiches.

— Ne vous donnez pas toute cette peine... Oh ! je prendrai volontiers celui-ci : œuf et sardines. Voyez-vous, avec l'âge, on attache beaucoup d'importance à ces sortes de collations, car, le soir, il convient de se contenter d'un repas léger : la prudence avant tout !

Tout miel, Alfred opina de la tête. Puis miss Marple s'adressa à Emma :

— Quelle belle demeure est la vôtre ! Et il doit être agréable d'avoir ses frères auprès de soi ; tant de familles sont éparpillées !

— Deux de mes frères vivent à Londres, donc à une distance relativement courte.

— Très appréciable !

— Toutefois, Cedric, qui est peintre, réside à Ibiza, aux îles Baléares.

— Les artistes raffolent des îles !... Chopin se plaisait à Majorque... Mais nous parlons de peintures : alors, citons Gauguin. Ses œuvres sont très appréciées. Cependant, je n'aime guère les tableaux représentant des femmes indigènes : cette sinistre couleur « moutarde » évoque un débordement de bile !

Cedric ne put s'empêcher de rire. Puis, sans transition, il aborda un autre sujet :

— Parlons-nous plutôt de l'enfance de Lucy, miss Marple.

Ravie, la vieille demoiselle se disposait à égrener

ses souvenirs quand le docteur Quimper fit son entrée. Après une rapide présentation à miss Marple, il jeta un regard circulaire :

— J'espère que votre père n'est pas sorti par ce mauvais temps ? demanda-t-il à Emma.

— Oh ! non. Il se sent un peu fatigué...

— ... Et évite les visiteurs, je pense, ajouta miss Marple, avec un sourire en coin. Voilà qui me rappelle mon cher papa : « Encore un vieux jupon à votre table ! disait-il à maman. Faites-moi servir dans mon cabinet de travail. »

— Ne croyez pas que..., commença Emma, mais Cedric l'interrompit :

— Le thé du paternel est souvent apporté dans son bureau quand ses chers fils sont présents. Voilà qui relève de la psychologie, n'est-ce pas, docteur ?

L'interpellé dévorait sandwiches et gâteaux avec l'entrain d'un homme qui ne peut consacrer beaucoup de temps à ses repas. Il avala une dernière bouchée avant de répondre :

— La psychologie serait une belle chose si on laissait aux seuls spécialistes le soin de s'en charger, mais l'ennui est que, de nos jours, chacun prétend être expert en la matière. Mes propres malades dépeignent leurs complexes et leurs névroses, sans me donner la moindre chance d'établir *mon* diagnostic... Oui, Emma, j'accepterai une deuxième tasse de thé. Pas eu une minute pour déjeuner, aujourd'hui !

— La vie d'un docteur n'est qu'une succession de sacrifices, murmura miss Marple.

— Votre remarque donne à penser que vous ne fréquentez pas de nombreux docteurs ; la vérité est qu'on a souvent tendance à nous traiter de sangsues. Quoi qu'il en soit, nous sommes toujours payés maintenant, car les gens entendent bénéficier au maximum des lois sociales. Ainsi quand une petite fille a toussé deux fois pendant la nuit ou si son frère a croqué deux pommes trop vertes, on dérange le médecin en pleine nuit... Mais assez sur ce sujet. Votre gâteau est excellent, Emma !

— Ce n'est pas mon gâteau : le mérite en revient à Lucy.

— Mais les vôtres sont tout aussi savoureux, répliqua Quimper.

— Désirez-vous voir mon père ? demanda Emma dont le visage s'était légèrement empourpré.

Miss Marple les suivit du regard alors qu'ils sortaient du salon.

— Miss Crackenthorpe est une fille très dévouée ! fit-elle remarquer.

— Je ne puis m'expliquer une telle sollicitude à l'égard de notre père, ironisa Cedric.

Harold s'empressa d'intervenir :

— N'oubliez pas, mon cher, qu'elle vit très confortablement à *Rutherford Hall*.

— En tout cas, Emma sait ce qu'elle fait : elle est née pour devenir vieille fille ! assura Alfred

Miss Marple cligna légèrement de l'œil :

— Le pensez-vous vraiment ?

Nouvelle interruption de la part d'Harold :

— Cedric ne donne pas à cette expression un sens.

— Aucune offense ! répondit miss Marple. Je me demandais simplement si votre frère avait raison dans ce cas particulier. Voyez-vous, je ne pense pas que miss Emma devienne... une vieille demoiselle.

Elle doit être de celles qui se marient assez tard dans la vie et s'en trouvent très heureuses.
— Maigres sont les chances de découvrir un mari en restant ici, s'écria Cedric. Cette maison n'est pas fréquentée par des hommes susceptibles de demander sa main.
Le clignement d'œil s'accentua.
— Il y a tout de même les pasteurs... ou les *médecins*, susurra la visiteuse.
Son regard gentiment espiègle s'attardait sur l'une et l'autre des personnes présentes. Il était clair qu'elle venait de faire allusion à une éventualité à laquelle l'assistance n'avait pas pensé et qui ne paraissait pas la réjouir à l'excès
— Il est temps de prendre congé, dit alors miss Marple. Tous mes remerciements pour cette charmante invitation. Elle m'a permis d'apprécier votre vie de famille et, ainsi, de me rendre compte du cadre dans lequel vit ma chère nièce.
— Une vie de famille... avec un crime au premier plan ! souligna Cedric.
Harold laissa échapper une exclamation de colère que miss Marple voulut bien ignorer. Tournée vers Cedric, elle toussota légèrement avant de lui adresser une dernière fois la parole :
— Savez-vous que vous me rappelez le jeune Thomas Eade, le fils du directeur de ma banque ? Toujours prêt à effrayer les gens. Penchant qui ne convenait guère à des milieux financiers. Aussi est-il parti pour les colonies. Il en revint à la mort de son père et hérita d'une grosse fortune. Je dois ajouter qu'il avait plus de dispositions pour dépenser l'argent que pour le gagner !

Cedric n'était pas encore revenu de sa surprise, quand la visiteuse se retira, accompagnée jusqu'à la porte par Harold. L'ayant brusquement refermée, celui-ci interpella Alfred avec dédain :

— Est-ce cela que vous appelez « cuisiner » une invitée ?

2

Lucy reconduisit miss Marple, en voiture, jusqu'à sa demeure. Sur le chemin du retour, une silhouette se profila devant les phares au moment où l'auto allait s'engager dans le parc et, bientôt, la jeune femme reconnut Alfred qui agitait une main.

— On se sent mieux ici ! dit-il, quand ils pénétrèrent dans la maison. J'avais l'intention de faire une promenade hygiénique, mais le froid m'a saisi. Alors, la vieille demoiselle est rentrée chez elle ?

— Oui, et elle a passé un moment très agréable avec votre famille.

— Sa satisfaction était visible. Curieux, ce penchant des personnes âgées pour une quelconque compagnie, même si la gaieté fait défaut ! Et je crains que *Rutherford Hall* ne batte tous les records à ce sujet. Pour ma part, deux jours me suffisent. Comment pouvez-vous rester dans cette sinistre demeure, Lucy ?... Vous ne m'en voulez pas de vous appeler ainsi ?

— Nullement ! Mais la vie, ici, ne me paraît pas monotone. Evidemment, pour moi, il ne s'agit pas d'y rester indéfiniment.

— J'ai étudié votre comportement, et il me faut reconnaître que vous êtes extraordinairement douée.

Trop même pour perdre votre temps à cuisiner ou à laver la vaisselle.

— Votre appréciation me flatte, mais je préfère cette sorte d'occupation à un travail de bureau.

— Cependant, il y a d'autres moyens d'assurer son existence. Vous pourriez travailler pour votre compte personnel.

— Exactement ce que je fais.

— J'entends : d'une autre façon. Par exemple, il serait possible de mettre vos dons à profit pour vous rendre complètement indépendante... pour vous dégager de...

— ... Me dégager de quoi ?

— De toutes ces conventions et lois idiotes qui entravent notre activité à tous. Le fait est qu'il est toujours possible de les tourner si on est assez adroit pour éviter les risques. Et *vous* en êtes capable ! En toute franchise, cette suggestion ne vous tente pas ?

— Il me faudrait plus de détails. Peut-être désirez-vous que je vous aide à vendre des attrape-nigauds ?

— Rien d'aussi dangereux. Simplement *effleurer* les limites de la légalité, pas davantage.

Il posa une main sur le bras droit de son vis-à-vis :

— Vous êtes tellement attirante, Lucy, et... je voudrais vous avoir comme associée.

— Vraiment, vous me comblez !

— Me donnez-vous à entendre que vous refusez ? Voyons, réfléchissez. Pensez au plaisir qui serait nôtre si nous pouvions braver les moralistes à tous crins. Evidemment, il nous faudrait un capital.

— Je crains de ne pouvoir vous satisfaire sur ce point.

— Oh ! ce n'était pas un appel ! J'aurai de l'argent avant peu de temps. Mon père vénéré n'est pas éternel. Quelle avarice sordide ! Mais quand il fera le dernier saut... Vous me comprenez ? Alors, qu'en pensez-vous ?

— Quelles sont les conditions ?

— Le mariage, si vous y tenez. Il semble que cette formalité plaise aux femmes, aussi intelligentes et indépendantes soient-elles. Et les femmes mariées ne peuvent témoigner contre leur époux !

— Voilà qui n'est pas très flatteur !

— Laissez l'ironie de côté, Lucy. Ne comprenez-vous pas que je suis tombé amoureux de vous ?

Plutôt surprise, Lucy avait l'impression qu'Alfred ne manquait pas de charme. Même qu'il exerçait une certaine fascination. Peut-être était-elle due à l'attrait magnétique de ses yeux, « *Des yeux de félin* », pensait-elle. Se ressaisissant, elle se prit à rire et se dégagea du bras qui, déjà, encerclait sa taille.

— Ce n'est pas le moment de badiner. Il me faut penser au dîner !

— Naturellement, et vous êtes une excellente cuisinière. Qu'allez-vous nous servir ?

— Soyez patient et vous le verrez. Ma parole ! vous êtes encore plus gourmand que les deux collégiens !

Rentrée dans la maison, Lucy se hâta vers la cuisine et fut quelque peu étonnée de voir apparaître Harols Crackenthorpe :

— Miss Eyelessbarrow, puis-je vous parler ?

— Vous serait-il possible d'attendre ? Je suis déjà en retard.

— Certainement. Disons : après le dîner ?

— Entendu, monsieur Crackenthorpe.

Après le repas du soir et la vaisselle faite, Lucy se rendit dans le hall où l'attendait Harold.

— A votre disposition, monsieur.

— Entrons dans cette pièce, dit-il, ouvrant la porte du salon, qu'il referma derrière la jeune femme.

— Je rentre à Londres demain matin, expliqua-t-il et je désire vous dire combien vos talents m'ont impressionné.

— Merci, répondit simplement Lucy, légèrement intriguée.

— Mais mon opinion est qu'avec une telle intelligence, vous perdez votre temps dans cette maison.

— Je n'ai pas cette sensation.

« Du moins, pensait Lucy, celui-ci ne peut me demander en mariage. Il est déjà pourvu d'une femme. »

— Je suggère qu'après nous avoir assistés au mieux au cours d'une crise lamentable, vous me rendiez visite à Londres. Donnez un rendez-vous par téléphone à ma secrétaire ; je la préviendrai dès mon retour. Notre firme a besoin d'une collaboratrice possédant vos qualités. Sachez, miss Eyelessbarrow, que je suis en mesure de vous offrir un salaire très confortable et que votre avenir sera pratiquement assuré.

Son sourire était magnanime.

— J'apprécie votre offre, monsieur Crackenthorpe, mais permettez-moi de réfléchir, répondit posément l'intéressée.

— N'attendez pas trop longtemps ! Une proposition de ce genre ne doit pas être dédaignée par une personne anxieuse de réussir dans ce monde.

De nouveau, un large sourire découvrit ses dents étincelantes.

— Bonne nuit, miss Eyelessbarrow, et que ce repos vous soit profitable.

Dans l'escalier, Lucy se heurta à Cedric :

— Lucy, murmura-t-il, j'ai une question à vous poser.

— Pas possible ? répondit-elle ironiquement. Alors, vous allez me proposer de vous épouser et de prendre soin de vous à Ibiza ?

Cedric eut un sursaut :

— Je n'ai jamais pensé à pareille chose !

— Toutes mes excuses : je me suis trompée, cette fois !

— Je désirais simplement savoir où trouver un indicateur des chemins de fer.

— C'est tout ? Eh bien ! vous en trouverez un sur la table du hall.

— Un conseil, répliqua Cedric, vous ne devriez pas croire que chaque homme désire convoler avec vous. Certes, vous êtes gentille, très gentille, mais de là à concourir pour un prix de beauté... non ! Et il y a un mot pour désigner votre manie, qui ne cessera de s'aggraver. Le fait est que vous êtes la dernière femme à laquelle je penserais... La dernière !

— Vraiment ? répliqua Lucy avec un calme impressionnant. Peut-être préférez-vous que je devienne... votre belle-mère ?

— Quoi ? s'écria Cedric, stupéfait.

— Vous m'avez très bien entendue ! lança Lucy avant d'entrer dans sa chambre et de fermer la porte.

CHAPITRE XIV

1

Dès son arrivée à Paris, Dermot Craddock rendit visite à l'inspecteur principal Dessin. Les deux policiers s'étaient déjà rencontrés à diverses reprises et éprouvaient l'un pour l'autre une grande sympathie. Du fait que Craddock s'exprimait assez couramment en français, la conversation se déroula dans cette langue.

— Evidemment, ce n'est qu'une impression, souligna Dessin. Voici une photo du corps de ballet dont je vous ai parlé. Regardez la quatrième danseuse à gauche. Vous dit-elle quelque chose ?

Son interlocuteur fit un geste évasif. Une femme qui a été étranglée ne s'identifie pas facilement quand elle figure, vivante, dans un groupe dont tous les membres sont outrageusement fardés et portent des coiffures sensationnelles.

— Cette danseuse *pourrait* être la personne en question, répondit cependant Craddock après un nouvel examen. Je ne saurais m'engager davantage. Mais qui est-elle ? Et que savez-vous à son sujet ?

— Peu de chose. Il ne s'agit pas d'une vedette, voyez-vous !... Et le ballet Maritsky n'est guère connu : il se produit dans les théâtres de second ordre et fait de vagues tournées à l'étranger. Aucune étoile susceptible d'attirer les snobs. Mais je vais vous conduire auprès de la directrice, Mme Joliette.

Une femme d'affaires efficiente, cette Mme Joliette,

avec son regard astucieux, l'ombre d'une moustache et un embonpoint impressionnant.

— J'aime pas la police ! s'écria-t-elle sans chercher à dissimuler son mépris. Elle ne manque jamais de me créer des ennuis.

— Allons, madame, soyez calme, répondit Dessin, dont la maigreur contrastait avec l'ampleur de la dame. Quand vous ai-je créé des ennuis ?

— Ne serait-ce qu'à propos de cette petite folle qui a voulu s'empoisonner parce qu'elle était tombée amoureuse d'un chef d'orchestre qui ne s'intéressait guère aux femmes. Et pour cause. Quel brouhaha, avec votre enquête ! Quel scandale pour *mon* ballet !

— Ne vous plaignez pas : ce fut un stimulant de premier ordre pour les recettes. Et il y a déjà trois ans de cela. Mais parlons plutôt d'Anna Stravinska.

— De quoi s'agit-il exactement ? demanda prudemment Mme Joliette.

— Est-elle Russe ?

— Nullement ! Ah ! le nom ! Vous ne savez donc pas encore qu'*elles* adorent toutes porter un nom slave ?... Anna n'avait guère de talent et elle n'était pas particulièrement belle. Passable, physiquement, c'est tout. Juste assez bonne pour les ensembles.

— De nationalité française ?

— Sans doute ; elle avait un passeport en règle, mais elle m'a parlé, un jour, d'un mari anglais.

— Un mari anglais, dites-vous ? Vivant ou mort ?

Mme Joliette haussa les épaules :

— Comment le saurais-je ? Avec ces filles, il y a toujours des complications avec les hommes.

— Quand avez-vous vu Stravinska pour la dernière fois ?

— J'ai fait une tournée en Angleterre pendant six semaines. Nous avons joué à Torquay, Bournemouth, Eastbourne... Dans plusieurs autres villes dont les noms m'échappent et, finalement, à Londres — à Hammersmith (1) pour être précise. Puis, nous sommes revenues en France, mais *sans Anna*. Elle m'avait envoyé un court message m'informant qu'elle avait des affaires à régler. Pour ma part, je n'ai pas cru un mot de toute son histoire ; peut-être avait-elle fait la connaissance d'un Crésus.

Craddock esquissa un sourire : cette pensée n'était-elle pas la seule qui pût s'imposer à l'esprit de Mme Joliette en pareil cas ?

— Et ce n'est pas une perte grave, ajouta-t-elle. A n'importe quel moment, de meilleures danseuses m'offrent leurs services.

— A quelle date vous a-t-elle quittée ?

— Voyons... nous sommes rentrées en France... Ah ! je me souviens : le dimanche précédant Noël. Et Anna est partie deux ou trois jours avant. Même, nous avons dû terminer nos représentations à Hammersmith sans elle, ce qui m'a obligée à remanier le ballet. Et puis... Zut ! Que cette péronnelle ne se présente plus devant moi !

— En somme, un pénible souvenir ? risqua Dessin.

— Oh ! moi, je m'en moque, maintenant. Elle a dû passer les fêtes en joyeuse compagnie. Mais, j'y pense, pourquoi la recherchez-vous ? Aurait-elle fait, fortune, par hasard ?

— Au contraire, répondit Craddock. Nous craignons qu'elle n'ait été assassinée.

---

(1) Faubourg londonien.

Mme Joliette ne parut pas autrement s'émouvoir.
— Possible ! Ce sont des choses qui arrivent !... A propos, figurez-vous que cette Anna était très pieuse ; elle allait à la messe tous les dimanches

Dessin s'impatientait, mais son collègue britannique intervint de nouveau

— Vous a-t-elle parlé d'un fils, madame ?
— Un fils ?... Donnez-vous à entendre qu'elle avait un enfant ? Cela me paraît plus qu'improbable. Ces filles ont une certaine expérience de la chose... et M. Dessin le sait..
— Elle a pu être mère avant de devenir une artiste professionnelle... Pendant la guerre, par exemple...
— Pendant la guerre ?... C'est possible, mais je l'ignore.
— Quelles étaient ses meilleures amies dans la troupe ?
— Je puis vous donner deux ou trois noms.

Impossible d'en savoir davantage. Aussi Craddock montra-t-il à Mme Joliette le poudrier trouvé par Lucy Eyelessbarrow.

— Toutes les femmes possèdent un objet de ce genre, dit-elle laconiquement.

Puis l'inspecteur fit allusion au manteau de fourrure acheté à Londres.

— Sachez, assura la maîtresse de ballet, que je m'occupe des répétitions et des représentations ; tout ce qui ne concerne pas ma profession m'est indifférent. Je n'ai pas le temps de m'attarder sur les vêtements que portent mes artistes !

Après Mme Joliette, les deux policiers interviewèrent les danseuses dont elle avait révélé les adresses.

Deux d'entre elles avaient assez bien connu Anna, mais elles tinrent à préciser que leur camarade se lançait rarement dans des confidences concernant sa vie privée. Cependant, la troisième crut devoir souligner que, parfois, il lui plaisait de débiter des mensonges.

— Anna prétendait avoir été la maîtresse d'un grand-duc — ou d'un riche banquier anglais. Puis, elle affirmait avoir appartenu à la Résistance pendant l'occupation. Même elle voulait nous faire croire qu'elle avait joué des rôles de premier plan à Hollywood !

— A Londres, assura une autre danseuse, elle a fait allusion à un millionnaire qui se préparait à l'emmener en croisière, parce qu'elle lui rappelait sa fille, tuée dans un accident de voiture. Quelle blague !

« En somme, pensait Craddock, les petites camarades exagèrent quelque peu. »

Un seul fait d'importance : le 19 décembre, la mystérieuse personne avait décidé de ne pas rentrer en France, et, le jour suivant, une femme lui ressemblant avait pris le train de 16 h 33 en direction de Brackhampton et s'était fait étrangler.

Si la femme du sarcophage n'était pas Anna Stravinska, où cette dernière se trouvait-elle maintenant ?

Devait-on croire Mme Joliette ? Sa réponse ne variait guère :

— ... Avec un homme !

Et, peut-être, avait-elle raison. Craddock sombra dans un abîme de réflexions.

Une autre possibilité devait être prise en considération, celle que laissait entrevoir l'allusion faite par Anna à un mari anglais. S'agissait-il d'Edmund Crackenthorpe ?

Improbable si l'on admettait la mentalité prêtée à la jeune femme par ses camarades. Mais l'on pouvait supposer qu'Anna ait rencontré à une certaine époque Martine qui lui aurait parlé de son passé et de la mort d'Edmund. Dans ce cas Anna pouvait avoir écrit elle-même à Emma. D'autre part si ladite Anna fut avisée de l'enquête, venant d'Angleterre à son sujet, elle dut éprouver de sérieuses craintes et juger prudent de quitter le ballet Maritski.

Mais où se réfugia-t-elle alors ?

De nouveau, l'opinion de Mme Joliette semblait pertinente :

— Auprès d'un amoureux...

2

Avant de quitter Paris, Craddock eut un dernier entretien avec son collègue français sur le problème posé par le cas « *Martine* ». Ils convinrent qu'il fallait pousser l'enquête à fond. Aussi Dessin assura-t-il que tout serait mis en œuvre pour vérifier s'il n'y avait vraiment aucune trace d'un mariage entre le lieutenant Edmund Crackenthorpe du 4ᵉ régiment du Southshire et une jeune Française prénommée Martine. Epoque : juste avant la chute de Dunkerque. Toutefois, Dessin prit soin de souligner que non seulement la région avait été occupée par l'ennemi presque au même moment, mais que cette partie de la France ayant subi des ravages considérables au cours de l'invasion, la plus grande partie des archives fut détruite.

3

Dès son retour à New Scotland Yard, Craddock reçut la visite du sergent-détective Witherall (« Bob ») à qui il avait confié une mission avant de se rendre à Paris.

De fait, le rapport de son assistant n'était guère encourageant.

— Une simple adresse pour recevoir du courrier, voilà ce qu'a été 126, Elvers Crescent, dans le cas qui vous intéresse, déclara Witherall. En revanche, la maison jouit d'une bonne réputation.

— Aucune identification ?

— J'ai montré la photo de l'inconnue du sarcophage : sans résultat ! Donc ce n'est pas elle qui venait prendre les lettres. Toutefois, il convient de noter qu'un grand nombre de personnes fréquentent l'immeuble, une pension pour étudiants.

L'inspecteur fronça les sourcils.

— Et, ajouta le sergent, nous avons fait des recherches dans les hôtels : aucune mention d'une Martine Crackenthorpe dans les registres. Enfin, après votre appel téléphonique de Paris, nous nous sommes occupés d'Anna Stravinska. Son nom a été relevé dans une modeste pension où elle a séjourné avec d'autres danseuses. Elle en est partie dans la nuit du 19 décembre, après son retour du théâtre. Aucune autre indication.

Un geste d'impatience, et sans grand espoir, Craddock donna l'ordre à Witherall de continuer ses re-

cherches. Puis, après un moment de réflexion, il se
décida à prendre rendez-vous avec Mr Wimborne.

Avec toute la solennité qui caractérise une charge
de solicitor, il fut introduit dans une pièce austère
assis derrière un bureau aussi imposant que démodé,
Mr Wimborne semblait trôner au milieu de dossiers
poussiéreux. Relevant ses lunettes, il regarda son
visiteur, avec cette morne politesse qui ne laisse aucun doute sur les sentiments d'un conseiller juridique
à l'égard de policiers qui troublent la quiétude de
clients appréciés.

— Que puis-je faire pour vous ? demanda-t-il d'un
ton résigné.

— Veuillez lire cette missive.

Et le visiteur posa sur le bureau la lettre adressée
par Martine à miss Crackenthorpe. Mr Wimborne
l'effleura d'un doigt, mais ne la prit pas en main.
Ses joues s'étaient légèrement empourprées et sa
bouche se contracta.

— Je sais, dit-il d'un ton pincé : miss Emma Crackenthorpe m'a écrit pour m'informer de sa visite à
Scotland Yard, et... hum ! du sujet de l'entretien
qu'elle a eu avec vous. Qu'il me soit permis de souligner que je ne comprends pas — absolument pas —
pourquoi je n'ai pas été consulté. Extraordinaire
oubli ! *Inouï*, oserais-je dire !

Craddock crut devoir débiter cette série de platitudes qui, généralement, apaisent un esprit agité,
mais sans grand succès.

Aussi, l'inspecteur fit-il un nouvel effort :

— Je suppose que... pendant la guerre... des circonstances exceptionnelles...

Il n'eut pas le temps de poursuivre :

— Circonstances exceptionnelles, dites-vous ! s'indigna son vis-à-vis. A cette époque, mon père s'occupait des intérêts des Crackenthorpe ; il est mort il y a six ans. Je n'exclus pas qu'il ait *pu* faire allusion, devant moi, à ce soi-disant mariage, mais, à tout prendre, il semble que, même si cette union a été envisagée, elle n'a jamais eu lieu, et que mon père n'a attaché aucune importance à toute cette histoire ; sinon, il aurait été plus prolixe. D'autre part, l'affaire Martine me paraît ténébreuse. Pensez : une femme qui surgit après des années de silence... et ce fils soi-disant légitime ! Très louche, en vérité ! Et quelles preuves a-t-elle ! Je voudrais bien les connaître.

— Je le conçois ! Mais, admettant que cette femme ait dit la vérité, quelle serait sa position et celle de l'enfant ?

— Je suppose qu'elle s'efforcerait de décider les Crackenthorpe à assurer son entretien, ainsi que celui de son fils.

— D'accord sur ce point, mais *quels droits* auraient-ils ?...

— Je devine votre pensée...

Mr Wimborne remit ses lunettes, qu'il avait enlevées dans un moment de colère et dévisagea son interlocuteur, avant de continuer :

— ... Pour le moment, aucun. *Mais* s'il était prouvé qu'il s'agit du fils *légitime* d'Edmund Crackenthorpe, ce fils aura droit, à la mort de Luther Crackenthorpe, à une part du capital laissé par le père de celui-ci : Josiah. Sans oublier qu'en sa qualité de descendant direct du fils aîné de Luther, il hériterait de *Rutherford Hall*.

— Et, reprit Craddock, sur un ton indifférent, si, après la mort de Luther Crackenthorpe, la femme en question ne pouvait fournir aucune preuve valable...

— Alors, Cedric deviendrait le propriétaire du domaine.

— On m'a donné à entendre que la fortune le laisse indifférent.

Mr Wimborne se raidit :

— Vraiment ? Eh bien ! je suis enclin à ne donner à une opinion de ce genre que la valeur d'un grain de poussière ! Il se peut qu'il existe des gens que l'argent ne tente pas, mais j'avoue n'en avoir jamais rencontré !

Le solicitor semblait se complaire dans cette sorte de psychologie. Aussi Craddock s'empressa-t-il de tirer parti de l'occasion.

— J'ai eu l'impression, dit-il, que la fameuse lettre avait bouleversé Harold et Alfred Crackenthorpe...

— Et pour cause !

— Redoutent-ils une sensible réduction de leur héritage ?

— Sans le moindre doute !

Une courte pause et Wimborne ajouta :

— Mais cela n'est pas un motif suffisant pour assassiner quelqu'un !

— Il paraît que tous deux ont de graves ennuis financiers..., murmura Craddock.

L'inspecteur soutint sans sourciller le coup d'œil acéré que lui lança son vis-à-vis.

— Oh ! je vois que la police a poussé son enquête à fond, répondit Mr Wimborne. Le fait est qu'Alfred ne cesse de se créer des soucis. A l'occasion, il gagne des sommes appréciables, mais il les perd rapidement. Quant à Harold, vous avez dû apprendre que sa situation financière actuelle est quelque peu tendue.

— Curieux ! L'homme paraît bien assis.

— La façade ! Tout en façade, inspecteur ! La bonne moitié des hommes d'affaires ignorent s'ils sont réellement solvables. Les bilans même ne signifient rien : on peut les établir d'une façon telle que le profane n'y comprenne rien. Et quand les avoirs portés au crédit ne sont pas réalisables et qu'une difficulté surgit, dans quelle situation se trouve-t-on ?

— Probablement dans celle d'Harold Crackenthorpe : il faut trouver des fonds à tout prix.

— Exact, mais ce n'est pas en étranglant la supposée veuve de son frère aîné qu'il sortira d'embarras ! Et personne n'a encore tué Luther Crackenthorpe. Sa mort seule pourrait servir les intérêts de ses fils. Donc, inspecteur, je ne vois pas très bien où vous voulez en venir.

Le pire était que Craddock lui-même n'aurait pu le dire exactement.

CHAPITRE XV

1

Comme il se devait, Craddock et le sergent Witherall pénétrèrent dans les bureaux d'Harold Crackenthorpe à l'heure précise du rendez-vous donné la veille. Situé au quatrième étage d'un immeuble imposant, au cœur même de la City (1), le siège de la firme donnait l'impression d'une grande prospérité : ameublement et décoration ultra-modernes ; le tout entretenu avec le plus grand soin.

Une jeune sténo, à l'élégance discrète, annonça les visiteurs, puis elle les conduisit dans le cabinet de travail de son directeur. Habillé avec goût, sûr de lui-même, Harold Crackenthorpe les attendait avec calme.

« Si l'homme traverse une mauvaise passe, pensa Craddock, du moins n'en laisse-t-il rien paraître. »

L'accueil fut franchement cordial :

— Bonjour, inspecteur ! J'espère que votre visite me vaudra, enfin, des précisions sur cette mystérieuse affaire !

— Peut-être serez-vous déçu, car je n'ai que quelques questions à vous poser.

— Encore ! Nous avons déjà donné toutes les explications voulues.

— J'admets que votre réponse est pertinente. Cependant, la routine de notre métier exige qu'une enquête soit poussée à fond.

— De quoi s'agit-il maintenant ? demanda Harold, quelque peu nerveux.

— Voici : pouvez-vous me donner l'emploi exact de votre temps au cours de l'après-midi et de la soirée du 20 décembre, disons entre quinze heures et minuit ?

L'homme d'affaires se raidit et le rouge vif qui colora ses yeux trahissait une vive irritation.

(1) Centre des affaires.

— Quelle singulière question ! Et je me demande ce qu'elle signifie...

Un léger haussement d'épaules, et Craddock répondit sans sourciller :

— ... Tout simplement que je désirerais savoir où vous étiez entre les heures indiquées, le vendredi 20 décembre.

— Me direz-vous pourquoi ?

— Vos précisions permettraient de serrer le problème de plus près.

La froide courtoisie de son interlocuteur inquiéta l'homme d'affaires.

— Soyons clairs, voulez-vous ? Vos propos donneraient-ils à entendre que vous me mettez en garde contre les déclarations que je pourrais faire ?

Allusion qui parut choquer Craddock.

— Nullement ! Car cette sorte d'avertissement signifierait que vous êtes considéré comme suspect... Au reste, ajouta-t-il aussitôt, je demande leur emploi du temps à toutes les personnes intéressées à l'affaire. Simple routine, ai-je pris soin de souligner.

Harold parut rassuré.

— Eh bien ! je désire vous aider dans la mesure de mes possibilités. Voyons... à première vue, la réponse n'est guère facile à formuler. Toutefois, nous avons de l'ordre, ici, et je pense que miss Ellis, ma secrétaire, sera en mesure de vous donner des précisions.

Quelques mots dans l'un des téléphones posés sur le bureau et, bientôt, une jeune femme, fort attrayante dans un tailleur noir de bonne coupe, fit son apparition, bloc-notes dans une main.

Les présentations faites, Harold se carra dans son fauteuil.

— Miss Ellis, dit-il, l'inspecteur désire connaître mes allées et venues dans l'après-midi et la soirée du...

— ... vendredi 20 décembre, précisa Craddock.

— J'espère, miss Ellis, reprit l'homme d'affaires, que vous avez quelques indications à ce sujet.

- Certainement, monsieur !

Le temps d'aller chercher un agenda et, après l'avoir rapidement consulté, la jeune femme se tourna vers son directeur.

— Dans la matinée du 20, vous avez conféré avec Mr Goddie au sujet d'une cession ; puis, vous avez déjeuné au *Berkeley* en compagnie de lord Forthville.

— Ah ! je me souviens !

— Revenu dans votre bureau vers quinze heures, vous m'avez dicté quelques lettres. Ensuite, vous deviez vous rendre à la salle des ventes pour assister à la mise aux enchères de manuscrits rares. Je ne vous ai plus revu au bureau, ce jour-là, mais il me revient que j'ai laissé une note pour vous rappeler un dîner à *l'Hôtel Central*.

— Je vous remercie, miss Ellis, ponctua Harold.

Et la jeune femme prit discrètement congé.

— Tout est clair, maintenant, dit posément Mr Crackenthorpe : oui, je suis allé à la salle des ventes, mais les enchères étaient trop élevées. Ensuite, j'ai pris le thé... Jermyn Street, chez Russel's, je crois. Enfin, histoire de me détendre, j'ai été voir les informations filmées, avant de regagner mon domicile, 43, Cardigan Gardens, et de passer mon habit. Le dîner du *Central* a commencé à 19 h 45 et, aussitôt après, je suis allé me coucher. Voilà qui devrait vous satisfaire !

— A quelle heure êtes-vous rentré chez vous pour vous habiller ?

— Je ne m'en souviens pas exactement. Disons peu après 18 heures.

— Et quand s'est terminé le dîner ?

— Vers 23 h 30.

— Votre valet vous a sans doute ouvert la porte... et lady Crackenthorpe..

— J'ai ouvert moi-même avec ma clef. Quant à ma femme, elle séjourne dans le midi de la France depuis le début de décembre.

— Ce qui signifie que personne ne peut confirmer l'heure à laquelle vous affirmez être rentré chez vous ?

Harold fronça les sourcils :

— Il est probable que les domestiques m'ont entendu. Mais, vraiment, inspecteur...

— Je sais, monsieur, que cette sorte d'interrogatoire est déplaisante ; toutefois, il va bientôt se terminer. Au fait, avez-vous une voiture ?

— Oui ! Une Humber.

— Conduisez-vous en personne ?

— Evidemment ! Mais je ne me sers de l'auto qu'au cours des week-ends. Impossible de circuler dans Londres, à notre époque.

— Je pense que vous prenez la Humber quand vous allez à *Rutherford Hall* ?

— Oui, si je dois rester un certain temps. Quand il ne s'agit que de passer la nuit, je préfère le train :

on gagne du temps ! Et ma sœur vient me chercher à la gare de Brackhampton.

— A Londres, où laissez-vous votre auto ?

— Dans un garage de Mews Street, non loin de chez moi. Encore des questions ?

Craddoks esquissa un sourire.

— Selon la formule habituelle, je dirai que cela suffira. pour le moment, et excusez-moi de vous avoir importuné.

Harold ne donnait pas l'impression d'excuser qui que ce fût.

-:-

Dans la rue, le sergent Witherall, soupçonneux de nature, murmura :

— *Il* n'a pas apprécié votre interrogatoire. Exaspéré, semblait-il !

— Si vous n'aviez pas commis un crime et qu'on parût vous soupçonner, seriez-vous satisfait ? répondit son supérieur. Et le ressentiment est encore plus vif quand une personnalité telle qu'Harold Crackenthorpe est en jeu ! Maintenant, il nous faut savoir si *quelqu'un* l'a vu à la salle des ventes ou dans le salon de thé dénommé Russel's. La routine, mon cher ! Toujours la routine, même si elle paraît inutile. Tout compte fait, l'homme *peut* très bien avoir pris le train de 16 h 33, poussé la femme au-dehors d'un compartiment et être arrivé à temps à l'*Hôtel Central* pour son dîner. D'autre part, il lui était possible de se servir de sa voiture, la nuit même du crime, de déposer le cadavre dans le sarcophage et de revenir tranquillement à Londres.

— Pensez-vous *vraiment*, sir, que les choses se soient passées ainsi ?

— Ce ne sont que des suppositions. Pour le moment, retenez qu'Harold Crackenthorpe est *brun*, et de *haute taille*, ce qui correspond au vague signalement donné par cette excellente Mrs McGillicuddy. Par surcroît, il connaît parfaitement *Rutherford Hall*. Donc, nous sommes obligés de le considérer comme... *suspect*. Et maintenant, allons nous occuper du sieur Alfred !

2

Le frère de Harold habitait un logement à Hampstead Heath — faubourg londonien — dans l'un de ces immeubles tout récents qui évoquent la pacotille.

L'aspect du logement d'Alfred — un « meublé » de toute évidence — répondait assez bien à l'allure du locataire : une table ordinaire, un divan en désordre et des chaises dépareillées.

En dépit de sa vive cordialité, Alfred ne paraissait guère rassuré.

— Votre visite m'intrigue, dit-il à Craddock. Mais puis-je vous offrir un godet ?

Déjà, il s'était saisi d'engageantes bouteilles ; l'inspecteur l'arrêta d'un geste.

— Serait-ce donc grave ? voulut bien plaisanter Alfred.

Craddock se raidit.

— Que faisiez-vous dans l'après-midi et la soirée du 20 décembre ? demanda-t-il.

Une légère hésitation, et l'interpellé haussa les épaules :

— Comment m'en souviendrais-je ? Plus de trois semaines se sont écoulées depuis.

— Cependant, votre frère Harold a pu répondre à la même question !

— Rien d'étonnant ! répliqua malicieusement Alfred — une malice teintée d'envie — Harold est le succès de la famille : affairé, efficient, une minute pour chaque chose et chaque chose à sa place. S'il lui arrivait de commettre un crime, tous les détails seraient notés avec minutie !

— Un tel langage vous est-il inspiré par une raison particulière ?

— Nullement !... Encore une absurdité de ma part !

— Soit, mais veuillez répondre à ma question.

— Le malheur est que je n'ai aucune mémoire en ce qui concerne les dates et les endroits. Ah ! s'il s'agissait de Noël, peut-être serais-je en mesure de vous satisfaire. Une telle fête permet des recoupements, car, pour l'occasion, je rejoins ma famille. A la vérité, je me demande pourquoi : mon père ronchonne parce que la présence de ses chers fils lui coûte de l'argent, mais il ronchonnerait encore davantage si nous n'étions pas auprès de lui ce jour-là... En somme, je ne viens à *Rutherford Hall* que pour voir ma sœur.

— C'est ce que vous avez fait, il y a trois semaines ?

— Exactement !

— Et votre père a eu un violent malaise ?

Assez souvent, Craddock « jouait » par la bande. Alfred n'y prit point garde.

— Eh oui ! Habitué à se nourrir comme un moi

neau — économie ! — il s'est soudainement pris à manger et à boire comme un ogre.

— Une simple indigestion, *croyez-vous* ?
— Donnez-vous à entendre que... ?
— On m'a dit que le docteur Quimper était inquiet ?
— Ah ! rétorqua Alfred avec vivacité, vous n'allez pas croire aux sottises de ce toubib, un pessimiste à tous crins !
— Vous me surprenez : il donne l'impression d'un homme pondéré.
— Un idiot ! Mon père n'est pas un invalide et son cœur fonctionne normalement. Quand il s'est senti indisposé, Quimper en a fait toute une histoire ! Ridicule !... Inimaginable !...

Alfred ne se contenait plus et l'inspecteur l'observa attentivement jusqu'au moment où il changea brusquement de sujet.

— Pourquoi tenez-vous tant à connaître l'emploi de mon temps, un certain vendredi ?
— Tiens ! Vous vous souvenez du jour ?
— ... Ne me l'avez-vous pas déjà précisé ?
— Erreur ! Mais j'attends toujours votre réponse.

Son vis-à-vis fronça les sourcils :

— Votre curiosité aurait-elle un rapport avec... ? Voyons, vous n'allez pas prendre au sérieux cette histoire d'Emma à propos de la soi-disant veuve de mon frère Edmund ?
— Auriez-vous fait la connaissance de cette mystérieuse jeune femme ?
— Moi ? Certainement pas
— Elle a peut-être préféré s'adresser à Mr Harold ?

— Pourquoi pas ? Mon frère est très connu et son nom est souvent cité dans les journaux. Toutefois, une telle démarche eût été vaine : Harold est aussi avare que le paternel, au contraire de l'ange charitable de la famille, Emma, dont les préférences allaient à Edmund. Ce qui ne signifie nullement que ma sœur soit d'une crédulité à toute épreuve : elle n'a pas exclu la possibilité d'un chantage. Aussi s'était-elle empressée de prévoir la présence de notre solicitor le jour où *cette* femme nous aurait rendu visite.

— Très sage, répondit posément Craddock. La date de ladite visite avait-elle été fixée ?

— Oui : elle devait avoir lieu pendant le week-end suivant Noël

— Ah ! ironisa l'inspecteur, les souvenirs vous reviennent. Revenons plutôt au sujet principal : qu'avez-vous fait le vendredi 20 décembre ?

Alfred eut un mouvement d'impatience :

— Impossible de vous répondre... Je vous assure que j'ai complètement oublié.

— Voyons, un petit effort ! Ne s'agit-il pas du vendredi précédant les fêtes de Noël ! Des voisins, des amis pourraient vous aider...

— Je les questionnerai !

Contre toute attente, il reprenait de l'assurance.

— Si je suis incapable de préciser mes occupations ce jour-là, reprit-il, en revanche une chose est certaine : elles n'ont pas consisté à tuer quelqu'un dans le musée de mon père !

Craddock parut surpris.

— Je n'ai fait aucune allusion à cette affaire ! Pourquoi l'évoquez-vous ?

— Allons ! mon cher inspecteur, vous procédez à une enquête sur un crime, n'est-ce pas ? Eh bien ! quand un policier demande à un tiers l'emploi de son temps à un moment donné, cela signifie tout simplement qu'il tend ses filets. Un piège, en somme.

Les yeux d'Alfred étincelaient, mais Craddock avait assez d'expérience pour éviter un terrain aussi glissant.

— Dites-moi plutôt si vous avez des motifs d'ordre privé pour persister à oublier le vendredi en question ?

— Moi ?... Inutile, inspecteur : vous ne m'attraperez pas de cette façon. Certes, j'admets que mon absence de mémoire paraisse étrange, mais je n'y puis rien... Oh ! un instant... Oui, il me revient que, cette semaine-là, je suis allé à Leeds et que j'ai passé la nuit dans un hôtel, près de la mairie. Le nom m'échappe. Cela a *pu* se passer un vendredi.

— Nous vérifierons, dit Craddock sans s'émouvoir autrement. Je regrette, cependant, que vous ne soyez pas plus compréhensif. Il y va de votre propre intérêt.

Alfred eut un geste résigné :

— Tant pis pour moi ! Cedric a un alibi, Ibiza. De son côté, Harold note tous ses déplacements. Et moi... je ne puis rien préciser, sinon que je n'assassine pas les gens... Et pourquoi aurais-je étranglé une inconnue ? D'autre part, admettant que le cadavre du sarcophage soit celui de la veuve d'Edmund, quel intérêt aurait eu un membre de la famille à tuer cette malheureuse ? Ah ! s'il s'était agi d'une personne ayant épousé *Harold* pendant la guerre et qui aurait surgi à l'improviste, le cas eût été différent ! Bigamie, voyez-vous ! Mais la femme d'Edmund ! Soyez persuadé que nous aurions été ravis de demander au paternel de lui assurer une rente : quelle colère ! Et impossible de refuser ! Alors, inspecteur, voulez-vous accepter un verre ?... Non ?... Tant pis, et je regrette de ne pouvoir vous aider

3

— Je sais à quoi m'en tenir, murmura le sergent Witherall à la sortie de l'immeuble.

Craddock jeta un regard interrogateur sur son subalterne.

— Oui, sir, reprit celui-ci, au sujet de notre lascar : son nom a été prononcé à propos de cette affaire de carambouillage qui fit grand scandale il y a quelque temps déjà. Mais aucune preuve formelle, l'homme est rusé. Plus tard, il s'est abouché avec des escrocs fréquentant le quartier de Soho (1). Vous savez, un trafic de montres suisses et de pièces d'or ?

Un sourire éclaira le visage de l'inspecteur : grâce au sergent, il comprenait pourquoi le visage d'Alfred ne lui était pas inconnu : l'homme se complaisait dans de louches transactions, mais il avait toujours un excellent motif pour justifier sa présence dans tel ou tel milieu.

— Voilà qui explique bien des choses, dit finalement Craddock.

— Croyez-vous à sa culpabilité dans... ?

— Je n'irai pas jusqu'à affirmer qu'il a l'étoffe

---

(1) Quartier cosmopolite de Londres et dont la réputation est douteuse.

d'un meurtrier. En revanche, vos découvertes expliquent pourquoi il ne voulait pas répondre à ma question.

— Et, faute d'alibi, il risque d'être compromis dans le crime de *Rutherford Hall* !

— Ce n'est pas tout à fait exact. Comprenez-moi bien : prétexter un manque de mémoire est nécessaire quand l'intéressé ne désire pas attirer l'attention sur l'emploi exact de son temps. Par exemple, sur des rendez-vous avec des acolytes chargés d'écouler une marchandise prohibée.

De retour à Scotland Yard, Craddock s'isola dans son bureau. Immobile sur sa chaise, il semblait plongé dans un abîme de réflexions. Soudain, il se saisit d'un bloc-notes et se prit à écrire, lentement :

Meurtrier : *Un homme brun et de haute taille.*

Victime : *Soit* Martine, *la veuve ou la maîtresse d'Edmund Crackenthorpe. Soit* Anne Stravinska, *qui a disparu au moment du crime. Age, apparences et vêtements peuvent répondre à ceux de l'inconnue. Cette Anna n'a aucun lien particulier avec* Rutherford Hall... *du moins, le pense-t-on.*

Une courte pause, un soupir et l'inspecteur reprit son stylo :

*Il peut s'agir également d'une première femme d'*Harold : *bigamie. Ou de sa maîtresse* : chantage.

Nouvel arrêt, puis :

Si Alfred est compromis dans l'affaire : chantage *également. Peut-être la victime avait-elle surpris l'un de ses petits secrets.*

Cedric : *il n'est pas exclu que le peintre ait connu cette femme à Paris ou aux Baléares...*

Craddock sursauta avant de continuer sa narration :

Ne pas oublier qu'Anna Stravinska a pu passer pour Martine...

Une hésitation, un coup de poing sur la table et les notes trouvèrent leur conclusion :

A l'heure présente, il s'agit d'une inconnue tuée par un inconnu !

De nouveau, l'inspecteur se prit la tête entre ses mains : impossible de percer un mystère sans trouver un motif plausible au crime. Et aucun des mobiles qui se présentaient à l'esprit n'était valable. Ah ! s'il s'était agi du père... L'évocation du vieillard dut inspirer Craddock, car il se saisit de son bloc-notes :

Interroger le docteur Quimper sur le malaise de Luther Crackenthorpe. Exiger de Cedric un alibi précis. Consulter miss Marple.

CHAPITRE XVI

Craddock hésitait à pénétrer dans le petit salon où se tenait miss Marple : il avait aperçu Lucy Eyelessbarrow en grande conversation avec elle. Le temps d'une courte réflexion, et l'inspecteur pensa que la présence de la jeune femme faciliterait peut-être sa tâche.

— Ma visite n'a aucun caractère officiel, dit-il presque en s'excusant.

En dépit de la vive sympathie qu'il éprouvait pour la vieille demoiselle, il semblait chercher ses mots.

Souriante, l'interpellée entreprit d'alléger l'atmosphère.

— Vous n'ignorez pas, ma chère, déclara-t-elle à Lucy, que je connais très bien notre visiteur. N'est-il pas le filleul de mon vieil ami, sir Henri Clithering ?

En réponse à ce rappel par personne interposée, Craddock crut devoir s'adresser également à miss Eyelessbarrow :

— Savez-vous ce que mon parrain pense de miss Marple ? Tout simplement ceci : le meilleur détective que je connaisse. Et il m'a souvent donné ce conseil : « Ne prenez jamais ses conseils à la légère : très souvent elle est en mesure, non seulement de révéler ce qui *aurait pu ou dû se passer*, mais encore ce qui a réellement eu lieu, sans oublier d'en donner la raison. Miss Marple mérite le prix d'excellence à cet égard ! »

— Oh ! murmura celle-ci, n'exagérons rien : une élémentaire connaissance des sentiments humains, voilà tout mon bagage. Voyez-vous, les habitants de notre planète se ressemblent tous, plus ou moins. Il suffit donc d'observer, d'évoquer des souvenirs... et de déduire. Très facile, en vérité ! Cependant, dans l'affaire qui nous préoccupe, il y a un écueil : je ne vis pas à *Rutherford Hall*.

— Mais vous avez pris le thé avec les Crackenthorpe, objecta Craddock.

— Oui ; toutefois, la famille n'était pas au complet.

Intriguée, Lucy risqua une question :

— Avez-vous l'impression que la présence du *vrai* coupable suffise pour l'identifier, par intuition ?

— Il faut être très circonspect quand il s'agit d'une chose aussi grave qu'un assassinat. On est toujours enclin à soupçonner quelqu'un en particulier, et de regrettables erreurs s'ensuivent. En revanche, il convient d'étudier toutes les personnes présentes auprès de vous à un moment donné et de les comparer à celles du même type qu'on a déjà eu l'occasion de rencontrer.

— Comparer, par exemple, Cedric au directeur de banque dont vous lui avez parlé, après le thé dont il a été question, nota Lucy.

— Une petite erreur, ma chère : j'ai fait allusion à son fils. Le directeur, Mr Eade, ressemblerait plutôt à Harold : un homme posé — trop intéressé peut-être — et qui tenterait l'impossible pour éviter un scandale.

Craddock esquissa un sourire

— Et Alfred ? demanda-t-il.

— Je le classerais parmi... les bricoleurs. Ce genre de bricolage qui permet de ne pas se compromettre exagérément. A son sujet, je me souviens d'un jeune homme qui, dans les ateliers, remplaçait un outil neuf par un autre légèrement usagé, et ainsi de suite.

Un léger toussotement et l'inspecteur murmura comme à regret :

— Que pensez-vous d'Emma ?

— Eh bien ! répondit miss Marple, elle me rappelle une jeune femme de ma connaissance : plutôt vieux jeu et très douce en dépit de la nervosité excessive de son père. Eh bien ! à la mort de celui-ci, elle se lança dans la grande vie : robes décolletées, bijoux, cheveux ondulés, etc., etc. Finalement, et contre toute attente, elle se maria.

L'allusion à *Rutherford Hall* était directe. Aussi Lucy intervint-elle
— Ne croyez-vous pas qu'au thé chez les Crackenthorpe, il eût été préférable d'éviter de parler de l'éventuel mariage d'Emma ? Ses frères étaient bouleversés.
— Evidemment ! Les humains semblent incapables de voir ce qui se déroule sous leurs propres yeux. Vous-même...
— Je l'admets, en l'occurrence, les deux intéressés paraissent...
— ... trop âgés pour s'épouser ? Certes, le docteur Quimper grisonne quelque peu, mais il n'a certainement pas atteint la cinquantaine et tout donne à penser qu'il désire se créer un nouveau foyer. J'ai entendu dire qu'il est veuf depuis plusieurs années ; sa femme serait morte en couches. Pour sa part, Emma doit avoir dans les trente-cinq ans, âge qui conviendrait à Quimper.

Lucy eut un geste d'impatience.
— Sommes-nous ici dans un but d'ordre matrimonial ou pour discuter d'un crime ?

Un clignement d'œil et miss Marple reprit :
— Peut-être suis-je trop romantique ; défaut de vieille fille !... A propos, Lucy, votre contrat avec moi est venu à expiration, et si vous tenez à prendre quelque repos avant d'assumer de nouvelles fonctions...
— Quitter *Rutherford Hall* ? Non ! Pour l'excellente raison que je suis devenue un excellent limier, semblable, en cela, à Alexander Eastley et à son camarade Ils ne cessent de chercher une piste. A un tel point que, hier, je les ai surpris en train de vider les boîtes à ordures. Et, inspecteur, conservez tout

votre calme s'ils vous remettent triomphalement un papier sur lequel vous pourrez lire :

Martine, si tu tiens à la vie, ne rentre plus dans le musée.

« Prise de pitié pour eux, j'ai caché cette note dans la porcherie !
— La porcherie ? s'étonna miss Marple. Elève-t-on encore des cochons à *Rutherford Hall* ?
— Non, mais il m'est arrivé de m'y rendre à plusieurs reprises. »

Le regard de la vieille demoiselle s'attardait sur la jeune femme. Aussi Craddock jugea-t-il à propos d'intervenir.

— Qui séjourne à *Rutherford Hall*, en ce moment ? demanda-t-il à Lucy.
— Cedric et Bryan, pour le week-end. Demain, nous aurons également Harold et Alfred ; ils ont téléphoné dans la matinée et j'ai l'impression qu'ils sont quelque peu nerveux.
— Le fait est que je les ai un peu secoués, en leur demandant l'emploi de leur temps le vendredi 20 décembre.
— Et... ?
— Si Harold a répondu, en revanche la mémoire d'Alfred est défaillante... volontairement, oserai-je dire. Mais il me faut aller à *Rutherford Hall* : quelques mots avec Cedric ; auparavant, je désirerais m'entretenir avec Quimper Oh ! Miss Eyelessbarrow, j'allais oublier : que pensent les Crakenthorpe au sujet de Martine ?... Je veux dire quand la police n'est pas auprès d'eux.

La réponse ne se fit pas attendre :

— Ils en veulent tous à Emma de s'être confiée à vous et ils blâment Quimper de l'avoir encouragée à agir de la sorte. Harold et Alfred estiment que cette affaire Martine n'est qu'une imposture. Pour sa part, Emma hésite. Cedric, lui, n'est pas loin de partager l'opinion de ses frères, mais en vérité il ne prend pas l'affaire au sérieux. Enfin, Bryan croit à l'existence de la veuve d'Edmund.

— Et pourquoi ?

— Bryan appartient à cette catégorie d'hommes qui acceptent les choses telles qu'elles paraissent être. En conséquence, il estime que la veuve d'Edmund a bien écrit à miss Emma, qu'elle s'est trouvée dans l'obligation de rentrer en France et se manifestera tôt ou tard. Le fait que cette personne n'ait pas encore envoyé une autre lettre lui semble naturel. Et pour cause : il a horreur d'écrire. Sa crédulité va de pair avec la douceur de son caractère. Parfois, Bryan donne l'impression d'un bon toutou prêt à se laisser emmener faire une promenade...

— ... Dans le parc, ou en direction de la porcherie, par exemple, intervint miss Marple.

Lucy eut un léger sursaut.

— Savez-vous, ajouta malicieusement la vieille demoiselle, que vous êtes très attrayante et que les gentlemen de *Rutherford Hall* ne l'ignorent pas ?

Cette fois, le visage de Lucy devint cramoisi : elle revit en pensée Cedric appuyé contre un mur branlant, Bryan mélancoliquement assis sur la table de la cuisine, et Alfred plus qu'entreprenant.

Cette rêverie fut interrompue par miss Marple.

— J'ai dit « gentlemen », mais — sa voix se fit plus appuyée — n'oubliez jamais que les « gentlemen » sont semblables aux autres hommes... même quand ils sont... *très vieux.*

— Ma chère ! s'écria Lucy, stupéfaite, permettez-moi de vous dire qu'au XVIII° siècle, on vous aurait encore brûlée vive pour sorcellerie !

Et elle confirma à son amie la singulière proposition de mariage de Luther Crackenthorpe... Mariage sous conditions, tint-elle à préciser.

— En somme, conclut-elle, ils m'ont tous sollicitée. De la part d'Harold, il ne s'est agi que d'un brillant emploi dans ses bureaux. Oh ! je ne crois pas que ma beauté soit en jeu : ils doivent se figurer *que je sais quelque chose* !

Elle se prit à rire, mais Craddock la rappela à la réalité :

— Soyez prudente ! Aux avances peuvent succéder les menaces.

— Je ne le conteste pas... mais on oublie le danger : les deux collégiens s'en donnent tellement à cœur joie qu'on finit par croire à un jeu !

— A propos, dit miss Marple, quand regagnent-ils leur école ?

— La semaine prochaine. Et ils nous quittent dès demain. Alexander doit passer quelques jours chez les parents de son camarade : Stoddard West.

— Tant mieux ! Je n'aimerais guère qu'un nouveau drame se déroulât pendant leur séjour à *Rutherford Hall.*

Lucy fronça les sourcils :

— Pensez-vous à Mr Crackenthorpe père ?

— Non ! Aux jeunes garçons.

— Je ne comprends pas.

— Réfléchissez, ma chère : ils furettent partout,

cherchent des indices. Evidemment, la jeunesse adore cela, mais ce passe-temps peut devenir dangereux.

Craddock dévisagea la vieille demoiselle.

— Si je comprends bien, vous liez le coupable à *Rutherford Hall* ?

— Parfaitement !

— Hum ! reprit l'inspecteur. Tout ce que nous savons de lui, c'est qu'il est plutôt brun et de haute taille. Or, à *Rutherford Hall*, trois hommes pourraient répondre à ce bref signalement. Le jour de l'enquête du coroner, les frères Crackenthorpe se tenaient sur un trottoir. *Ils me tournaient le dos* et je fus surpris de constater qu'avec leurs épais pardessus, ils se ressemblaient au point de les confondre. Cependant, leurs types respectifs sont complètement différents. Que déduire, sinon que les conjectures sont dangereuses ? Et croyez-vous à l'existence de cette mystérieuse Martine ?

— Je suis tout à fait disposée à croire qu'Edmund Crackenthorpe a épousé ou avait l'intention d'épouser, une jeune fille portant ce nom. Rappelez-vous la lettre écrite par lui et qu'Emma vous a montrée, ce que je sais de miss Crackenthorpe, et les détails que m'a donnés Lucy m'incitent à dire qu'Emma est totalement incapable d'inventer une telle histoire... Au surplus, dans quel but aurait-elle agi ainsi ?

— Admettons donc la réalité de Martine, répondit Craddock tout pensif. Du moins, avons-nous ainsi un mobile au crime : l'entrée en jeu de cette jeune femme — avec un fils — affecterait le partage de l'héritage Crackenthorpe. Sans doute, pourrait-on penser que la réduction des parts ne serait pas assez importante pour conduire au crime, mais il n'en reste pas moins que tous les héritiers sont à court d'argent !

— Même Harold ? s'étonna Lucy.

— Oui. Il s'est engagé dans des transactions hasardeuses et, seuls, de gros capitaux lui éviteraient un krach.

— La mort de Martine n'allégerait pas la situation de Harold et ne serait d'aucun intérêt pour ses frères ou sa sœur, dit miss Marple... du moins jusqu'au...

— ... Décès de leur père, je le sais, reprit Craddock. Mais, à en croire son médecin, Mr Crackenthorpe est beaucoup plus solide que certains l'imaginent.

— Il vivra des années, assura Lucy. Cependant... Elle hésitait.

— ... Cependant ? insista Craddock.

— Eh bien ! Mr Crackenthorpe a été assez sérieusement indisposé, le soir de Noël, et il m'a confié que le docteur Quimper, lui-même, s'en était inquiété. A un tel point, qu'on eût pu croire à un empoisonnement.

— Exactement le sujet de la conversation que je désire avoir avec le docteur !

— J'en suis heureuse ! Mais il est temps que je rentre à *Rutherford Hall*.

A ce moment précis, miss Marple se saisit du *Times* déposé sur un guéridon, à la page des mots croisés :

— Il me faudrait un dictionnaire complet, murmura la vieille demoiselle. Deux mots se présentent à mon esprit : « Tontine » et « Tokay »... Je les confonds toujours !

Du seuil de la porte, Lucy se retourna :

— Tokay a cinq lettres seulement, lança-t-elle, et Tontine en compte sept. Quelle est la clef ?

— Oh ! s'exclama miss Marple, encore une distraction de ma part : ces deux mots n'ont rien à voir avec le puzzle... Ils me sont passés par la tête.

Le regard de Craddock s'attarda sur la vieille demoiselle. Puis, il prit rapidement congé, l'air soucieux.

CHAPITRE XVII

1

Le docteur Quimper avait à peine terminé ses consultations quand l'inspecteur Craddock se fit annoncer. Paraissant très fatigué, le praticien vint à sa rencontre, et après avoir invité le policier à s'asseoir, se laissa tomber sur un fauteuil.

— Exténué ! dit-il, après un soupir. Je viens d'examiner une femme qui aurait dû venir me voir beaucoup plus tôt ; maintenant, il est trop tard pour l'opérer ! Cette sorte de cas me rend fou. Le fait est que les êtres humains sont un extraordinaire mélange d'héroïsme et de lâcheté. Ainsi, cette femme souffrait atrocement, mais gardait le silence, tout simplement parce qu'elle avait peur d'apprendre la vérité. En revanche, il y a des gens qui me font perdre un temps précieux pour un bobo qu'ils prennent pour un cancer, alors qu'il ne s'agit que d'une engelure ! Mais excusez ce bavardage : il me fallait une détente. Que puis-je faire pour vous ?

— En premier lieu, je dois vous remercier d'avoir

conseillé à miss Crackenthorpe de me communiquer la lettre portant la signature de la veuve de son frère, Edmund.

— Oh ! il ne s'agit que de cela ? A la vérité, l'initiative de cette démarche ne m'appartient pas entièrement : Emma avait elle-même l'intention de la faire, parce que toute l'histoire l'inquiète. Naturellement, ses chers frères se sont efforcés de l'en dissuader

— Et pourquoi ?

Le docteur haussa les épaules :

— Peut-être craignent-ils que la femme en question soit réellement Martine.

— Pensez-vous que la lettre, elle, soit réelle ?

— Aucune idée ! je ne l'ai jamais eue en main. Toutefois, il pourrait s'agir d'une personne qui, connaissant la situation, a tenté d'en profiter. Une grossière erreur, car Emma n'est pas de celles qui accueilleraient une belle-sœur inconnue sans prendre les précautions qui s'imposent.

— Je n'en doute pas, mais ma visite a un autre but. On m'a dit que, tout récemment — pendant les fêtes de Noël, je crois — Mr Crackenthorpe avait été assez sérieusement malade...

— Exact, répondit-il.

Le visage du docteur se durcit.

L'inspecteur hésitait.

— Le sujet est délicat, surtout quand on s'adresse au médecin de la famille. Mr Crackenthorpe ne cesse de se vanter d'une santé à toute épreuve, affirmant qu'il survivra à la plupart des membres de sa famille. Souvent, il parle de vous... Excusez-moi, docteur...

Quimper esquissa un sourire :

— Oh ! n'ayez aucune crainte : je suis imperméable aux réflexions de mes malades !
— Eh bien ! il dit que vous êtes un faiseur d'embarras et va jusqu'à affirmer que vous lui avez posé de nombreuses questions, non seulement sur la nourriture, mais également sur la personne qui prépare les mets... et sert les convives.

Le praticien ne souriait plus.
— Continuez, je vous prie.
— Mr Crackenthorpe a même prononcé ces mots : « Quimper donne l'impression de croire que quelqu'un m'a empoisonné. » Le pensez-vous vraiment, docteur ?

Question embarrassante pour un homme tenu au secret professionnel. Quimper abandonna son fauteuil avec regret et fit quelques pas dans le petit salon, avant de faire face à son interlocuteur.

— Que diable voulez-vous que je réponde ? Pensez-vous qu'un médecin puisse se permettre de lancer des accusations de ce genre... du moins, sans une preuve formelle ?
— En toute confidence, je désire simplement savoir si un soupçon n'a pas effleuré votre esprit ?
— Le vieux Crackenthorpe est habitué à vivre frugalement. Mais, pour les fêtes, Emma a corsé le menu. Résultat probable : une gastro-entérite. Dans ce cas particulier, les premiers symptômes semblaient justifier ce diagnostic.

Craddock insista :
— Mais vous donnait-il entière satisfaction ?
Un long regard, et le docteur répondit :
— Disons que j'ai été intrigué. Cela vous suffit-il ?

— Puis-je vous demander la raison ?

— Les cas de gastrite varient avec les malades, mais cette fois, certaines particularités se rattachaient plutôt à un empoisonnement par l'arsenic, qu'à un simple dérangement d'ordre exclusivement digestif. Je me dois d'ajouter que les erreurs sont possibles.

— Quelle a été votre opinion définitive ?

— Mes soupçons ne devaient pas être justifiés, car Mr Crackenthorpe a fini par m'assurer que son indisposition du moment était similaire à des ennuis du même genre — survenus alors que je n'étais pas encore son médecin — et que la cause était la même : excès de nourriture.

— Et cet excès coïncidait... avec la présence d'invités, famille ou amis ?

— Oui !

Une courte pause, et le docteur reprit la parole :

— Franchement, inspecteur, mes analyses ne m'avaient pas entièrement convaincu j'ai même écrit à mon prédécesseur, retiré, maintenant : le docteur Morris qui a soigné Mr Crackenthorpe avant mon arrivée dans ce pays, et je lui ai demandé des détails sur les indispositions de son ancien client.

— Et ?

Le docteur Quimper esquissa une grimace.

— J'ai reçu une verte semonce ! Pour un peu, il m'aurait traité de fou ! Le déranger pour de simples malaises !... Admettons donc que je sois un sot !

Craddock paraissait soucieux

— Droit au but, docteur : il y a des personnes à qui la mort de Luther Crackenthorpe assurerait un héritage considérable Or, l'homme peut vivre jusqu'à quatre-vingt-dix ans !

— Facilement ! Il passe son temps à se soigner et son cœur est solide.
— Et ses enfants ont peut-être besoin d'argent ?
— Je vous vois venir, mais laissez Emma de côté. Les malaises du père n'ont lieu que pendant les séjours de ses fils — jamais quand *il* est seul avec sa fille unique.

« Précaution élémentaire, si elle est coupable », se dit Craddock, mais il garda cette pensée pour lui seul.

Surpris de son silence, Quimper l'observait.

— Naturellement, reprit enfin l'inspecteur, je ne suis pas compétent, mais supposant — je dis bien supposant — que l'arsenic soit entré en jeu, ne croyez-vous pas que Luther Crackenthorpe a eu une chance du diable de s'en tirer ?

— Vous avez soulevé un lièvre, répondit Quimper. Et, curieuse coïncidence, c'est ce lièvre même qui m'avait presque convaincu — d'accord sur ce point avec Morris — que mes soupçons relevaient de la démence ! Comprenez-moi bien : il ne pouvait s'agir, dans ce cas particulier, de petites doses d'arsenic administrées régulièrement — procédé le moins compromettant — car Crackenthorpe n'a jamais souffert de gastrite *chronique.* A priori, cette constatation inciterait à penser que sa crise soudaine et violente était due à une forte dose de poison. Mais les suites n'ont pas été fatales. Donc, ou la dose était relativement minime... ou la robustesse du vieillard est telle qu'une quantité susceptible de terrasser un homme de moyenne constitution ne l'a pas affecté, exagérément. Cependant, le coupable, qui devait savoir à quoi s'en tenir, aurait dû administrer la dose nécessaire.. Pourquoi ne l'a-t-il pas fait ?

La question étant demeurée sans réponse, le docteur ajouta :

— N'oubliez pas que cette question présuppose l'intervention d'un empoisonneur, alors que probablement, il n'existe qu'à l'état de mythe. Admettons donc que je me suis laissé emporter par mon imagination !

— Un problème plutôt bizarre ! conclut Craddock. Le tout semble n'avoir aucun sens.

2

— Inspecteur !

Cet appel subit fit sursauter Craddock qui se disposait à sonner à la grande porte de *Rutherford Hall*. S'étant retourné, il vit Alexander et son ami Stoddard West sortir de l'ombre.

— Nous avons entendu votre voiture et nous voulons vous parler, murmura le fils de Bryan Eastley.

— Eh bien ! suivez-moi !

De nouveau Craddock avançait la main vers la chaîne de la cloche mais Alexander le retint par un pan de son pardessus :

— Nous avons découvert une pièce à conviction ! dit-il, haletant.

« Au diable Lucy et ses bouts de papier ! » pensa le policier, mais il se contint.

— Parfait, répondit-il. Rentrez avec moi et vous me raconterez votre histoire.

— Non ! répliqua Alexander. Quelqu'un nous dérangerait sûrement. Allons plutôt dans la sellerie ; nous allons vous montrer le chemin.

A contrecœur, Craddock se laissa conduire jusqu'à la cour des écuries. Puis, Stoddard West ouvrit une lourde porte et tâtonna dans l'obscurité ; une ampoule de faible puissance s'alluma. Jadis un modèle de propreté, digne de l'époque victorienne, la sellerie n'était plus que le triste dépôt de rebuts de toutes sortes.

— Nous venons souvent ici, fit observer Alexander : on se sent vraiment en sûreté.

Ses yeux étincelant derrière de grandes lunettes, Stoddard West s'agitait.

— Il s'agit vraiment d'un document important, s'écria-t-il, et nous l'avons trouvé cet après-midi même !

— Formidable ! enchaîna Alexander, avec encore plus d'enthousiasme. Rien n'a échappé à notre attention : fourrés, creux des arbres, boîtes à ordures...

— Mais, coupa Stoddard, c'est dans le réduit de la chaufferie où le vieux jardinier accumule tous les papiers laissés à l'abandon que je l'ai ramassé !

— Dans le réduit de la chaufferie ? s'écria Craddock.

Sa surprise était compréhensible : Lucy avait fait allusion à un message destiné aux jeunes gens, mais, selon elle, il avait été déposé dans la porcherie.

Déjà, Alexander interpellait son camarade :

— Attention, Stoddard, mettez vos gants !

Gonflé d'importance, le détective en herbe sortit d'une poche une vieille paire de gants, puis, d'une autre, un rouleau de papier noir, à l'intérieur duquel se trouvait une enveloppe froissée qu'il tendit à l'inspecteur.

Celui-ci put lire une adresse : *Mrs Martine Crac-*

kenthorpe, 126, *Elvers Crescent, Londres N. 10.*
Rien à l'intérieur de l'enveloppe ; cependant, Lucy avait bien parlé d'un message.

Déjà Alexander reprenait la parole :

— Voilà qui prouve qu'*elle* est venue ici. Je parle de la femme française de l'oncle Edmund au sujet de laquelle tout le monde se creuse la tête. Elle a dû perdre cette enveloppe dans le jardin...

— Il semble donc qu'elle soit la personne qui a été tuée dans le sarcophage, précisa Stoddard West.

— Ce n'est pas impossible, répondit l'inspecteur, peut-être pour ne pas les décevoir.

A vrai dire, cette enveloppe *vide* l'intriguait.

— Une vraie chance, pareille trouvaille à la veille de notre départ ! reprit Stoddard.

— Votre départ ? demanda Craddock qui, en fait, ne l'ignorait pas.

— Oui, intervint Alexander. Je vais passer quelques jours chez les parents de Stoddard. Oh ! une maison du tonnerre... Elle date de l'époque de la reine Anne.

— Certainement pas, objecta son camarade.

— Mais votre mère m'a dit que...

— Maman est française : elle n'entend rien à l'architecture anglaise !

Pendant ce temps, Craddock examinait l'enveloppe. Admettant que Lucy eût vraiment écrit l'adresse, comment avait-elle pu imiter aussi parfaitement le cachet de la poste ? Et où se trouvait le texte rédigé par la jeune femme pour corser l'aventure des collégiens ?

Naturellement, ceux-ci exultaient, mais miss Eyelessbarrow n'avait certainement pas prévu de telles complications. Si l'enveloppe n'était pas de sa main, qui... ?

Interrompant brusquement la discussion d'ordre architectural qui se poursuivait entre Alexander et Stoddard, il dit simplement
— Vous m'avez rendu un grand service !

CHAPITRE XVIII

1

Précédé des deux jeunes gens, Craddock franchit la porte de service, entrée que son escorte semblait préférer, et pour cause. Dans la cuisine, Lucy confectionnait un superbe gâteau. Appuyé contre un placard, Bryan Eastley suivait ses mouvements avec toute la sollicitude d'un caniche fidèle.

— Vous allez procéder à une enquête dans cette pièce même ? demanda-t-il à l'inspecteur.
— Pas exactement. Mr Cedric Crackenthorpe est-il visible ?
— Certainement. Vous désirez lui parler ?
— Quelques mots seulement.
— Je vais le chercher.
— Merci, dit Lucy : si je n'avais pas les mains pleines de farine, je vous aurais évité ce dérangement.
— Que faites-vous donc ? s'enquit Stoddard West.
— Un flan aux pêches.
— Oh ! quelle chance ! s'écria Alexander. Va-t-on bientôt souper ? J'ai une faim atroce.

— Il reste deux morceaux de tarte dans le petit buffet.

Les deux amis se précipitèrent.

— De véritables sauterelles ! s'écria Lucy, tandis que, pourvus, les garçons se hâtaient vers le hall.

— Toutes mes félicitations, dit alors Craddock.

— A propos de quoi ? s'étonna Lucy.

L'inspecteur montra le petit rouleau de papier noir qui contenait l'enveloppe.

— Parfaite, votre mise en scène ! assura-t-il.

La jeune femme semblait surprise :

— De quoi voulez-vous exactement parler ?

— Mais de ceci !

Il sortit l'enveloppe en partie ; Lucy la fixa, sans paraître comprendre, puis interrogea Craddock du regard. A en juger par l'expression de son visage, l'inspecteur semblait pris d'un vertige.

— Vous n'avez pas déposé ce rouleau dans le réduit de la chaufferie pour intriguer les garçons ? Répondez-moi vite !

— La chaufferie ? Certainement pas ! Mais alors...

Craddock remit promptement le rouleau dans sa poche : Bryan était de retour.

— Mon beau-frère vous attend dans la bibliothèque, dit-il.

2

Cedric Crackenthorpe parut enchanté de voir l'inspecteur.

— Le limier s'acharne ! dit-il joyeusement. Des progrès ?

— Je crois que nous avons fait un petit bout de chemin, monsieur Crackenthorpe.
— Auriez-vous identifié le cadavre ?
— Rien de définitif jusqu'à présent, mais nous avons des indices.
— Excellent, cela !
— Précisément, le progrès réalisé nous oblige à compléter certaines informations, c'est-à-dire à revenir sur les déclarations faites par votre famille. Je commence par vous.
— Une chance, je repars pour Ibiza dans un jour ou deux.
— Il me plairait de savoir où vous vous trouviez et ce que vous avez fait le vendredi 20 décembre ?
Cedric dévisagea l'inspecteur, avant de s'appuyer contre la cheminée, avec nonchalance, et de se plonger apparemment dans ses souvenirs.
— Eh bien ! répondit-il enfin, j'étais à Ibiza, et je vous l'ai déjà dit. L'ennui est que les journées, là-bas, se suivent et se ressemblent : peinture, le matin ; sieste, l'après-midi jusqu'à dix-sept heures. Puis, un peu de dessin, si la lumière est favorable, et l'apéritif, soit avec le maire, soit avec le médecin du cru, mais toujours au café de la Piazza. Après un dîner rapide, je passe la plupart de mes soirées au bar *Scotty*, en compagnie de joyeux amis. Cela vous suffit-il ?
— Je préférerais connaître la vérité, monsieur Crackenthorpe.
Cedric eut un sursaut :
— Une telle phrase est singulièrement déplacée, inspecteur !
— Croyez-vous ? Vous m'avez affirmé, en son

temps, que votre départ d'Ibiza avait eu lieu le 21 décembre et que vous étiez arrivé en Angleterre le même jour.

— Exact !... Oh ! Emma...

Il avait aperçu sa sœur qui s'apprêtait à traverser la bibliothèque. Miss Crackenthorpe, se retourna et jeta un regard interrogateur sur les deux hommes.

— Emma, reprit son frère, suis-je bien arrivé ici le samedi précédant Noël et venant directement de l'aérodrome ?

— Samedi ?... Certainement ! Vous êtes arrivé à l'heure du lunch.

— Et voilà ! dit Cedric à l'inspecteur.

— Vous devez nous prendre pour des sots, monsieur Crackenthorpe, reprit Craddock, plutôt ironique. Ignorez-vous que nous avons des facilités de contrôle ? Voulez-vous me montrer votre passeport ?

Un court silence, et la réponse fut plutôt inattendue :

— Je l'ai cherché toute la matinée et impossible de mettre la main dessus. Je voulais l'envoyer chez Cook's.

— Mon impression est que vous *pourriez* le trouver, mais cela n'est pas nécessaire en ce qui me concerne. Nous savons que vous êtes arrivé dans ce pays le soir du 19 décembre. Peut-être voudrez-vous, maintenant, me révéler ce que vous avez fait entre cette soirée et votre arrivée ici, à l'heure du lunch, le 21 décembre ?

Aucun doute : Cedric était furieux.

— Une vie d'enfer ! Voilà le résultat le plus clair d'un régime de bureaucrates. Impossible de voyager à sa guise, de s'arrêter quand bon vous semble sans être soumis à la torture ! Après tout, pourquoi toute cette histoire à propos du 20 décembre ?

— C'est la date probable du crime. Evidemment, vous pouvez refuser de répondre, mais..

— Et qui refuse de répondre ? Donnez aux gens le temps de se rafraîchir la mémoire ! D'autant que, jusqu'ici, vous étiez assez vague à propos de cette date. Qu'avez-vous donc découvert ?

Craddock ne répondant pas, Cedric jeta un rapide regard dans la direction de sa sœur.

— Je vous quitte, dit-elle aussitôt

Avant de fermer la porte sur elle, Emma se retourna brusquement :

— L'affaire est sérieuse, Cedric. Si le 20 est vraiment la date du crime, vous devez donner à l'inspecteur l'emploi exact de votre temps

Le temps de permettre à sa sœur de s'éloigner et Cedric se décida à parler

— Oui : j'ai quitté Ibiza le 19, avec l'intention de faire escale à Paris et d'aller surprendre quelques vieux amis sur la rive gauche. Mais le hasard a voulu qu'à bord de l'avion, une très jolie fille ait attiré mon attention.. Et nous avons voyagé de concert. Se rendant aux Etats-Unis, elle projetait de passer deux jours à Londres. En conséquence, j'ai envoyé Paris au diable et, dans notre chère vieille capitale, nous sommes descendus à l'*Hôtel Kingsway*. Pour le cas où vos merveilleux espions l'ignoreraient encore, je me suis inscrit sous le nom de John Brown. Pas question de révéler son identité véritable en de pareilles circonstances !

— Et le 20 décembre ?

Cedric esquissa une grimace :

— Une terrible g... de bois a suffi pour la matinée...

— Passons à l'après-midi !

— Voyons... J'ai baguenaudé, pourrait-on dire. Ah ! je me souviens d'une visite à la National Gallery (1), endroit très respectable s'il en est... et d'avoir vu ensuite un film, un western qui m'a emballé. N'oublions pas un godet ou deux dans un bar et une sieste dans ma chambre. Vers vingt-deux heures, ma petite amie m'a rejoint et nous avons fait la tournée des grands-ducs, si je puis employer cette expression. Notre première visite pour *La grenouille qui bâille*. Le résultat fut une sérieuse cuite et, le lendemain, un réveil peu glorieux. Ma compagne se hâta d'aller prendre son avion, tandis que je me précipitais chez un pharmacien pour absorber une mixture horrible, mais efficace. Il ne me restait qu'à prendre le train et à persuader Emma que je venais en droite ligne de l'aérodrome. Complètement à sec, il me fallut recourir à ma sœur pour payer le taxi. Inutile de m'adresser à mon père, cette vieille brute m'aurait refusé même un penny ! J'espère, inspecteur, que tout cela vous donne entière satisfaction.

L'inspecteur ne semblait pas partager l'optimisme de son interlocuteur.

— Pouvez-vous fournir quelques preuves à l'appui ? Par exemple, en ce qui concerne vos faits et gestes entre quinze et dix-neuf heures.

Cedric eut un geste désabusé :

— Tout à fait improbable ! Pensez donc : les gar-

---

(1) « Le musée du Louvre » londonien.

diens de la National Gallery voient passer des centaines de personnes dont ils se moquent littéralement. Quant au cinéma... il y avait foule et, dans l'obscurité...

A ce moment, Emma revint dans la pièce avec un agenda dans une main

— Vous désirez savoir ce que chacun de nous a fait le 20 décembre, inspecteur ? demanda-t-elle.

— Exactement.

— Je viens de consulter la liste de mes propres rendez-vous. Le 20, je me suis rendue à Brackhampton pour assister à une réunion sous la présidence de notre pasteur, et à l'issue de laquelle j'ai déjeuné avec lady Addington, au *Café Cadena*. Ensuite, j'ai fait des emplettes pour Noël, chez Greenford's, et, probablement, dans d'autres magasins. A dix-sept heures, j'ai pris le thé dans les salons Shamrock, puis je me suis rendue à la gare à la rencontre de Bryan qui arrivait de Londres. A notre arrivée chez nous, mon père était furieux : il ne veut pas que je le quitte l'après-midi ; mais, de temps à autre, je passe outre.

— Nul ne vous blâmera, miss Crackenthorpe, admit Craddock, et je vous remercie.

« La personne la moins suspecte donne toujours les renseignements les plus précis », pensait le policier.

— Vos deux autres frères sont arrivés plus tard, je suppose ? demanda-t-il à la jeune femme.

— Alfred n'a fait son apparition que tard dans la soirée. Il a affirmé avoir essayé de me téléphoner, dans le cours de l'après-midi, mais mon père a pour principe de ne jamais répondre aux appels. Pour

sa part, Harold est arrivé le soir même de Noël...
Elle eut une courte hésitation avant d'ajouter
— Je suppose qu'il m'est défendu de demander le motif de ces nouveaux interrogatoires ?
Lentement, Craddock sortit le petit rouleau de sa poche. Du bout des doigts, il en tira l'enveloppe
— N'y touchez pas, je vous prie. La reconnaissez-vous ?
— Ciel ! s'écria-t-elle, bouleversée, c'est ma propre écriture... et cette enveloppe est celle qui contenait la lettre que j'ai écrite à Martine.
— Je m'en doutais un peu
— Mais comment est-elle tombée entre vos mains ? Cette Martine, avez-vous trouvé sa piste ?
— Il semble qu'on puisse répondre affirmativement. l'enveloppe a été découverte ici, mais vide
— Dans la maison même ?
— Non, dans une dépendance.
— Donc.. Martine est venue dans notre propriété ! Dans ces conditions, elle.. Donnez-vous à entendre qu'elle *est* la femme du sarcophage ?
— C'est probable, miss Crackenthorpe, répondit Craddock, comme dans un murmure
Et cela lui parut encore plus probable quand, de retour à Scotland Yard, il trouva sur son bureau un message envoyé de Paris par Armand Dessin

L'une des danseuses des ballets Maritski a reçu une carte postale d'Anna Stravinska. Apparemment, l'histoire de la croisière était vraie. A. S. fait un séjour à la Jamaïque et affirme s'en donner à cœur joie.

2

Assis sur son lit, le jeune Alexander mordait à pleines dents dans une grosse tablette de chocolat. Jusqu'au moment où les souvenirs de la veille se firent plus pressants :

— Quelles vacances merveilleuses ! s'écria-t-il. Je ne suppose pas que nous trouvions de sitôt un document de cette envergure !

— Pour ma part, je ne le souhaite pas, dit Lucy qui préparait les valises. Au fait, où allez-vous mettre ces ballons de football et vos bottes en caoutchouc ?

— Aucune difficulté ! Les Stoddard West envoient leur chauffeur avec la Rolls... ou la Mercédès.

— Ils doivent être immensément riches !

— Comme Crésus ! Mais je regrette de quitter *Rutherford Hall* : nous aurions peut-être découvert un second cadavre !

— En toute sincérité, un seul suffit ! répliqua la jeune femme.

— Oh ! ne plaisantez pas ! Soyez plutôt sur vos gardes !

Le temps d'entamer une seconde tablette, et il reprit la parole, sur un ton désinvolte :

— Si mon père vient ici de temps à autre, soignez-le bien !

— Cela va de soi ! répondit Lucy, quelque peu surprise.

— Avec papa, ajouta Alexander, l'ennui est que la vie de Londres ne lui convient pas du tout. Il fréquente des femmes bizarres. Je l'aime beaucoup, voyez-vous, mais il a besoin d'une personne qui s'intéresse réellement à lui. En somme, il lui faut un foyer !

« Vraiment curieuse, cette jeunesse moderne ! » pensait Lucy, tandis que le jeune garçon la regardait avec insistance.

— Bryan vous apprécie beaucoup ! affirma-t-il.
— Très aimable de sa part.
— Sans doute agit-il parfois comme un gosse. mais il a un excellent caractère.

Les yeux d'Alexander se portèrent soudainement sur le plafond.

— Je pense en toute sincérité qu'il devrait se remarier... avec une femme décente, bien entendu. En ce qui me concerne, je ne m'opposerais pas à la présence d'une belle-mère... aimable, du moins.

Lucy avait l'impression que la conversation prenait un tour singulier, mais le garçon ne lui laissa pas le temps de réagir :

— Toutes ces histoires de marâtres sont démodées, continua Alexander, évitant toujours de fixer la jeune femme. Stoddard et moi nous avons plusieurs amis dont les pères, divorcés, se sont remariés et tous s'entendent à merveille. Evidemment, il est préférable de vivre avec ses véritables *père* et *mère*. Remarquez que, dans mon cas, il ne s'agit pas d'un divorce : maman n'est plus... alors, pourquoi pas une belle-mère ?... Décente, je tiens à le répéter.

Quel que fût son état d'esprit, Lucy parut touchée.

— Je crois que vous êtes très clairvoyant, dit-elle. Il nous faudra essayer de trouver une bonne épouse pour votre père.

Un rapide coup d'œil, et Alexander contempla de nouveau le plafond.

— Je crois vous avoir déjà dit que Bryan vous aime beaucoup. De fait, il me l'a confié.

« Décidément, pensa Lucy, on s'occupe beaucoup de mon éventuel mariage, tant ici que dans le voisinage : d'abord miss Marple, puis Alexander. »

Quelque peu gênée, elle prit congé.

— Un agréable repos, Alexander ! Demain matin, vous n'aurez qu'à mettre vos pyjamas dans la valise.

— Bonne nuit, répondit le jeune garçon qui, cette fois, lui sourit gentiment.

CHAPITRE XIX

1

— On ne saurait dire que l'ensemble soit concluant ! dit le sergent Witherall, debout auprès de Craddock, qui lisait un rapport sur l'alibi donné par Harold Crackenthorpe.

Oui, l'homme d'affaires avait été vu, le 20 décembre, à la salle des ventes à environ quinze heures, mais il semble qu'il en soit sorti assez rapidement. Et sa photographie n'avait éveillé aucun souvenir parmi le personnel du salon de thé Russel's ; toutefois, compte tenu de l'affluence entre dix-sept et dix-huit heures, et du fait qu'Harold n'était pas un habitué, cette carence n'avait rien d'extraordinaire.

Le valet de chambre d'Harold confirma le retour de son maître à dix-huit heures quarante-cinq pour s'habiller, mais ne put certifier l'avoir entendu rentrer du dîner auquel il devait se rendre. Quant au garage, il était loué à l'usage exclusif de Mr Crackenthorpe, donc aucun contrôle possible de ses entrées et sorties

— Vous avez raison, sergent, rien de positif ! admit l'inspecteur Certes, notre homme assistait au dîner — nous avons contrôlé — mais il est parti avant la fin des toasts

— Aucun renseignement dans les gares ?

— Absolument rien ! Pensez, après quatre semaines et la cohue des fêtes !

Craddock eut un geste de dépit, puis il se saisit du rapport concernant Cedric. Même déception, avec une nuance, toutefois l'après-midi du 20 décembre, un conducteur de taxi avait « chargé un phénomène » ressemblant au peintre pantalons fripés et cheveux en broussaille. Même, ce « bohème » s'était emporté parce que le tarif avait encore augmenté depuis son dernier voyage. Pas de doute sur la date ce jour-là, le conducteur n'avait-il pas joué deux livres sur un outsider qui, contre toute attente, avait remporté la deuxième course ? Et la radio de son taxi l'avait annoncé alors que le « gars » en question se trouvait encore dans la voiture

— Les courses ne sont pas complètement inutiles, conclut Craddock Mais... cela ne suffit pas !

— Et voici les notes sur Alfred ! dit alors le sergent Witherall.

L'intonation de sa voix retint toute l'attention de Craddock : cette sorte d'intonation qui donne à entendre que le meilleur a été gardé pour la fin. Pourtant, la plus grande partie des renseignements était décevante. Alfred vivait seul, sortant et rentrant à des heures indéterminées. Quant à ses voisins, ils ne paraissaient guère curieux et travaillaient tous dans des bureaux, ils étaient donc absents de chez eux dans la journée. Cependant Witherall indiqua du doigt les deux derniers paragraphes :

Chargé d'enquêter sur le vol d'un camion, le détective Leakie s'est rendu aux Belles Briques, sorte de relais fréquenté par le personnel des transports routiers, sur la route de Waddington à Brakhampton. A une table, Leakie a aperçu deux suspects en compagnie d'Alfred Crackenthorpe qu'il connaissait de vue. Heure vingt et une heures trente. Date : le 20 décembre. Quelques minutes plus tard, Crackenthorpe est monté dans un bus se dirigeant vers Brackhampton.

A cette information, il convient d'ajouter que, le même jour, à la gare de Brackhampton, et peu avant le départ du train de 23 h 55, en direction de Londres, le contrôleur de service a poinçonné le billet d'un voyageur en qui il reconnut le frère cadet de miss Crackenthorpe. Aucune erreur quant à la date, a assuré le contrôleur, parce que, ce vendredi-là, précisément, « une vieille toquée lui avait affirmé avoir vu étrangler une femme dans un train... »

— Alfred... serait-ce possible ? murmura Craddock, avant de déposer les papiers sur une table.

— On ne peut contester qu'il se trouvait sur place ! crut devoir souligner le sergent.

L'inspecteur réfléchissait : oui, Alfred avait très bien pu prendre, à Londres, le train de 16 h 33, en direction de Brackhampton, et tuer quelqu'un en cours de route. Puis, de Brackhampton, se rendre en bus jusqu'aux *Belles Briques* et y rester jusqu'à vingt et une heures trente. Ensuite, il avait eu le temps *d'aller à* Rutherford Hall, *de transporter le cadavre jus-*

qu'au sarcophage, puis de revenir à la gare de Brackhampton, assez tôt pour sauter dans le dernier train du soir (23 h 55) en direction de la capitale.

2

Harold et Alfred étant venus spécialement de Londres, la famille Crackenthorpe tenait conseil dans la bibliothèque. Bientôt, la discussion prit un tour agité, et des éclats de voix parvenaient jusqu'à la cuisine. Les ayant entendus, Lucy fronça les sourcils et s'empressa de prendre la carafe qu'elle venait de remplir d'un cocktail préparé pour l'occasion, puis, elle se dirigea lentement vers la bibliothèque. Du hall, elle entendait nettement les propos échangés :

— Vous êtes responsable de toute cette histoire, Emma, grondait Harold, de son habituelle voix de basse profonde. Votre sottise me dépasse. Si vous n'aviez pas remis cette lettre à Scotland Yard...

— Il vous fallait avoir perdu toute raison, surenchérit Alfred, sur un ton haut perché.

— Allons ! intervint Cedric, ne la malmenez pas ! Ce qui est fait est fait et n'oubliez pas que nous aurions eu des ennuis beaucoup plus graves si nous avions gardé le silence au sujet de la fameuse lettre.

— Votre calme n'a rien d'étonnant, répliqua Harold : vous étiez à l'étranger le vendredi 20 décembre, jour qui intéresse tant Craddock. Mais Alfred et moi-même nous nous trouvions bel et bien dans ce pays ! Heureusement que je peux me souvenir, *moi*, de l'emploi de mon temps.

— Personne n'en doute, ironisa Alfred. Vous êtes l'homme aux alibis parfaits !

— Ce qui n'est sans doute pas votre cas !

— Une chance, peut-être, car rien n'est plus dangereux qu'un alibi soi-disant inattaquable : la police, voyez-vous, le démolit en un rien de temps. Donc, attention !

— Insinuez-vous que j'ai tué cette femme ?

— Oh ! cela suffit ! s'écria Emma. Aucun de vous ne l'a tuée. Alors, taisez-vous !

— Et, ajouta Cedric, si cela peut vous faire plaisir, sachez que j'étais en Angleterre le vendredi 20 décembre. Craddock ne l'ignore nullement. Donc, je figure aussi parmi les suspects.

A ce moment, un léger bruit alerta Lucy qui, du hall, écoutait la discussion : le docteur Quimper sortait du petit bureau dans lequel il venait d'examiner Mr Crackenthorpe. Son regard tomba sur la carafe de cocktail.

— Une petite gâterie pour la famille ? dit-il.

— Plutôt de l'huile sur une mer démontée ! répondit Lucy, un doigt pointé sur la porte de la bibliothèque. Une véritable bagarre se déroule là-dedans.

— Ils se renvoient la balle, ironisa Quimper.

— Je dirais plutôt qu'ils s'en prennent à miss Emma !

— A Emma ? répéta le docteur sur un ton irrité.

Sans ajouter un mot, il se saisit de la carafe de cocktail et entra dans la bibliothèque.

— Bonsoir ! lança-t-il à la cantonade.

Harold fut le premier à réagir :

— Vous arrivez à propos, docteur. Il me plairait de connaître la raison pour laquelle vous êtes intervenu dans une affaire de famille et avez conseillé à ma sœur de se rendre à Scotland Yard ?

— Miss Crackenthorpe m'avait demandé mon avis, répliqua le praticien J'ai accédé à son désir et j'estime qu'elle a agi comme il convenait.

Attitude qui rendit Harold fou furieux :

— Comment osez-vous... ?

Restée dans le hall, Lucy ne put en entendre davantage ; une voix s'était élevée derrière elle

— Hep ! Vous !

S'étant retournée, la jeune femme aperçut Mr Crackenthorpe qui la regardait du seuil du petit bureau.

— Qu'allez-vous nous cuisiner pour le souper ? demanda-t-il. Ne cherchez pas : je veux du *curry* Vous le réussissez à la perfection et il y a longtemps que vous n'en avez pas servi.

— Les jeunes gens ne l'aimaient guère !

— Ils sont partis, et bon débarras ! Donc, faites un excellent curry, et ce soir même !

— Entendu, monsieur Crackenthorpe !

— Voilà qui est sensé ! Prenez soin de moi, Lucy, et... je m'occuperai de vous !

Revenue dans sa cuisine, Lucy rassemblait les ingrédients nécessaires au repas du soir, quand la porte du hall claqua et, de la fenêtre, la jeune femme vit le docteur Quimper qui, courroucé, regagnait sa voiture à grands pas.

Quelques instants plus tard, Lucy épluchait des champignons. De temps à autre, un soupir lui échappait : l'absence d'Alexander et de son camarade se faisait sentir. Même, dans une certaine mesure, Bryan Eastley lui manquait également.

3

Il était près de trois heures du matin quand le docteur Quimper rentra sa voiture dans le garage, dont il ferma la porte avec lassitude. Mais qu'importait sa fatigue ? L'une de ses clientes, Mrs Josh Simpkins, n'avait-elle pas hérité de deux jumeaux qui s'ajoutaient à huit frères et sœurs ? A la vérité, le père ne s'était pas montré très enthousiaste.

— Des jumeaux ! avait-il marmonné avec quelque dédain. Aucun intérêt ! A notre époque, il faut avoir des quadruplés ! Alors, on reçoit d'innombrables cadeaux, les journalistes viennent à domicile, les gens vous admirent dans les illustrés et on affirme que la reine envoie un télégramme aux heureux parents. Mais des jumeaux ! Une simple routine, quoi !

Le souvenir de ce commentaire inattendu arracha un sourire au docteur qui monta dans sa chambre et entreprit de se déshabiller. Un coup d'œil à sa montre (3 h 5) et il se rapprochait déjà de son lit, quand le téléphone retentit.

Etouffant un juron, le praticien se saisit de l'appareil.

— Le docteur Quimper ?
— En personne.
— Ici Lucy Eyelessbarrow qui parle de *Rutherford Hall*. Je crains que votre présence immédiate ne soit nécessaire. Ils sont tous tombés malades.
— Quels symptômes ?

Lucy donna les explications voulues.

— Je viens sur-le-champ, répondit le docteur. En attendant...

Suivirent quelques instructions. Le temps de se

rhabiller, de se saisir de sa trousse et Quimper sauta dans sa voiture.

4

Trois heures plus tard, le docteur et Lucy, tous deux épuisés, étaient assis devant la table de la cuisine et buvaient du café noir.

— Voilà ce dont j'avais besoin ! dit Quimper en reposant son bol Pour autant que je puisse en juger, *ils* vont mieux, mais ce que je veux savoir, c'est comment tout cela a pu arriver. D'abord, qui s'est occupé du dîner ?

— Moi, répondit Lucy sans hésitation.

— Et quel était le menu ?

— Soupe aux champignons, poulet au curry, dessert.

— La soupe provenait d'une boîte de conserves, je suppose...

— Nullement ! Je l'ai entièrement préparée moi-même.

— Avec quels ingrédients ?

— Une demi-livre de champignons, de petits carrés de blanc de poulet, un roux de beurre et de farine, et un citron.

— Et tous vont s'écrier : c'est la faute aux champignons !

— Ils auraient tort : j'ai absorbé deux assiettées de cette soupe sans être incommodée !

— En effet, cela ne m'a pas échappé.

Lucy réagit :

— Si vous donnez à entendre que...

— Je ne donne rien à entendre. Vous êtes une

femme très intelligente. Aussi seriez-vous en train d'imiter les autres et de gémir dans votre lit si les soupçons que vous m'attribuez étaient fondés. Continuons plutôt notre examen : après la soupe, est venu le poulet au curry. En avez-vous mangé ?

— Non ! la personne qui prépare un tel plat n'a pas le désir de le savourer : l'odeur du curry l'a déjà... comblée !

— Et que reste-t-il du repas ?

— Un peu de curry et de soupe, dans des bols.

— Je les emporte. Ah ! avant de partir, il me faut revoir mes malades. Après cela, j'espère que vous pourrez les surveiller jusqu'à l'arrivée de la nurse que je vais envoyer à la première heure, avec toutes mes instructions.

Lucy hésita avant de poser une question :

— Ou il s'agit d'aliments toxiques, ou nous avons affaire à une tentative d'empoisonnement. Quelle est votre impression ?

— Dans un pareil cas, un médecin ne doit pas se contenter d'une impression ; il lui faut avoir une certitude, et tout dépend de l'examen des aliments. Entre-temps, soignez tout spécialement deux personnes. D'abord Emma. Il ne faut pas que son état s'aggrave.

Sa voix trahissait une vive émotion :

— Comprenez-moi bien : elle n'a même pas commencé à vivre... réellement ! Et vous savez que de telles femmes sont l'essence même du bonheur terrestre. Je le lui dirai un jour. Donc, veillez sur Emma !

— Je vous le promets !

— Et n'oubliez pas le vieil homme ! Je ne puis affirmer qu'il soit mon malade favori, mais il est *mon* malade et je veux être damné si, du fait d'une négligence de ma part, il était expédié sous terre, parce que l'un ou l'autre de ses indésirables fils — ou tous les trois peut-être — veulent s'en débarrasser

Le docteur Quimper se tut brusquement, puis jeta un regard désabusé sur Lucy :

— Et voilà ! J'ai trop parlé, il me semble ! Ne m'imitez pas surtout, mais ayez l'œil ouvert et rappelez-vous que, parfois, mieux vaut garder le silence !

5

L'inspecteur Bacon semblait bouleversé.
— De l'arsenic ? répétait-il.
— Oui, répondit le docteur Quimper. Il y en avait dans le curry dont voici les restes. Le médecin légiste pourra les analyser à fond. Je n'ai fait qu'un essai sur une faible partie, mais le résultat est concluant.
— Donc, un empoisonneur est entré en lice !
— Il semble qu'il en soit ainsi !
— Et tous sont atteints... sauf cette miss Eyelessbarrow ?
— Oui.
— Suspecte, cette exception !
Le docteur haussa les épaules :
— Quels mobiles aurait eus cette jeune femme ?
— Il n'est besoin d'aucun mobile. Peut-être s'agit-il d'une détraquée. Parfois, les gens paraissent normaux et ils ont perdu la tête depuis longtemps.
— Miss Eyelessbarrow n'a pas perdu la tête ! En tant que médecin, je puis vous affirmer qu'elle est aussi saine d'esprit que vous et moi. Donc, si cette jeune femme avait choisi de nourrir la famille à l'arsenic comme elle est très intelligente elle aurait,

comme tous les convives consommé du curry, mais en petite quantité, et ensuite exagéré ses souffrances, ce qui n'est pas difficile à simuler.

— Quelqu'un n'aurait-il pu s'apercevoir...

— Que sa dose était minime ? Probablement pas. Les réactions aux poisons varient avec les individus et la même dose peut produire des effets différents. Voyez-vous, mon cher, on ne se rend vraiment compte de l'efficacité d'une drogue que si l'intéressé en meurt !

Tout à ses pensées, Bacon ne releva pas l'ironie.

— Alors, dit-il, laissons cette Eyelessbarrow de côté, il ne reste que l'un des membres de la famille même, un membre qui joue un tour à sa façon et, afin de détourner les soupçons, fait semblant d'être très malade.

— J'y ai pensé ! Aussi me suis-je empressé de vous alerter le plus rapidement possible. L'affaire est entre vos mains, maintenant. A mon avis, aucun d'eux n'a eu une dose mortelle.

— L'empoisonneur se serait-il trompé dans ses calculs ?

— Il est plus que probable que son intention a été de ne pas exagérer outre-mesure, à seule fin que les malades présentent le signe d'une intoxication d'ordre alimentaire. Intoxication dont les champignons auraient été rendus responsables. Puis, profitant de la confusion générale, il envisage sans doute...

— ... D'administrer une nouvelle dose dont les effets seraient attribués aux rechutes tardives qu'on enregistre souvent.

Le docteur acquiesça :

— C'est pourquoi j'ai choisi une nurse spécialisée

et miss Eyelessbarrow l'aidera. Naturellement, je n'ai pas de conseil à vous donner, mais, à votre place, je ferais comprendre à tous les alités que vous savez déjà qu'il s'agit d'un empoisonnement *par l'arsenic*. Voilà qui effraiera l'empoisonneur et il n'osera peut-être pas pousser les choses à l'extrême.

Soudain, le téléphone retentit sur le bureau de Bacon. L'inspecteur se saisit de l'appareil.

— Hello ! Oui, passez la communication... L'inspecteur Bacon vous écoute... Quoi ?... Une rechute grave ! Le docteur Quimper est auprès de moi : je vous le passe !

— Quimper à l'appareil... Je comprends... Continuez vos soins aux autres. Nous arrivons dans un instant !

Il reposa l'écouteur et s'épongea le front.

— De qui s'agit-il ? demanda Bacon.

— D'Alfred... et il est mort.

CHAPITRE XX

1

Dans son petit bureau de Scotland Yard, Craddock s'agitait devant le téléphone : de Brackhampton, Bacon venait de l'informer du tour pris par les événements à *Rutherford Hall*.

— Alfred ! répéta Craddock, encore incrédule.

— Vous ne vous y attendiez pas ! dit son collègue.

— Oh ! non. En fait, je le soupçonnais d'être l'étrangleur du train !

— Non sans raison : le contrôleur s'était souvenu

de son passage et il semblait bien que nous tenions le coupable !

Un moment de silence s'ensuivit.

— Vous m'avez dit qu'une nurse était de service, reprit Craddock. Elle a donc relâché sa surveillance ?

— On ne peut la blâmer. Miss Eyelessbarrow était rompue de fatigue et a pris un court repos. Entre-temps, la nurse a dû s'occuper de cinq malades : Luther Crackenthorpe, Emma, Cedric, Harold et Alfred. Comment les surveiller tous en même temps ? D'autant que, le père s'étant montré très exigeant, la nurse a dû rester assez longtemps auprès de lui pour le calmer. Après quoi, elle s'est rendue à la cuisine, puis a répondu à un nouvel appel du vieux avant de porter à Alfred une tasse de thé. Il l'a bue... et vous connaissez le résultat.

— Une nouvelle dose d'arsenic ?

— Sans doute. Il eût pu s'agir d'une simple rechute, mais Quimper et le médecin légiste ne le pensent pas.

— Je *suppose* qu'Alfred était bien celui qu'on entendait tuer.

Le doute que trahissait le ton sur lequel cette phrase avait été prononcée intrigua Bacon au plus haut point.

— Sans doute voulez-vous dire que la mort d'Alfred ne sert les intérêts de personne, alors que celle du vieux Crackenthorpe serait la bienvenue ? Il est possible qu'il y ait eu une erreur : quelqu'un a pu croire que le breuvage était destiné au père et jeter la drogue dans la théière. Mais comment l'affirmer ? La nurse lave tout au fur et à mesure. Cependant, je ne vois pas comment on eût pu faire absorber le poison d'une autre manière !

— Donc l'un des malades — beaucoup moins atteint que les autres — a profité des allées et venues de la nurse.

— Quoi qu'il en soit, riposta Bacon, c'en est fini de ces petites histoires ! Nous avons maintenant deux infirmières, sans compter miss Eyelessbarrow, et deux de mes hommes sont sur place. Venez-vous ?

— Aussi rapidement que possible !

2

Dans le hall, Lucy Eyelessbarrow vint à la rencontre de l'inspecteur Craddock.

— Vous avez passé des heures agitées ! dit-il.

— Un cauchemar qui m'a semblé sans fin ! répondit la jeune femme. J'ai vraiment pensé qu'ils étaient *tous* mourants.

— Rien d'étonnant, avec ce curry.

— Alors, c'est lui qui était...

— Oui !... Gentiment assaisonné d'arsenic... à *la Borgia* !

— Dans ce cas, le coupable appartient... à la famille !

— Vous n'avez aucun soupçon particulier ?

— Non ! Voyez-vous je n'ai commencé à cuisiner qu'assez tard — après dix-huit heures — parce que Mr Crackenthorpe lui-même avait exigé son plat favori en fin d'après-midi. Et j'ai ouvert une *nouvelle* boîte de curry, donc aucune possibilité de manipulation antérieure

— Qui aurait pu le falsifier après sa cuisson ?

— N'importe quel membre de la famille avait la possibilité de se faufiler dans la cuisine pendant que je mettais le couvert dans la salle à manger.

— C'est-à-dire le vieux Crackenthorpe, Emma, Cedric...

— .. Ainsi que Harold et Alfred, venus de Londres dans l'après-midi. Oh ! j'allais oublier Bryan... Bryan Eastley. Toutefois, il nous a quittés avant le dîner pour rencontrer un ami à Brackhampton.

— Oui ?... En somme, toute cette histoire rappelle l'indisposition de Luther Crackenthorpe à Noël. A ce moment déjà, Quimper pensait à une dose d'arsenic. Au fait, ont-ils été, vraiment, tous aussi atteints les uns que les autres ?

— Mr Crackenthorpe semblait le plus malade. Le docteur Quimper a dû s'employer à fond pour le ranimer. Un excellent médecin, dois-je reconnaître ! Toutefois, c'est Cedric qui a eu le plus peur : les hommes jouissant d'une forte constitution ne sont pas les plus braves !

— Et Emma ?

— Assez mal en point.

Craddock semblait plongé dans ses pensées.

— Mais pourquoi s'acharner sur *Alfred* ? dit-il enfin.

— Etait-ce bien *lui* qui *devait* mourir ?

— Curieux ! Je me suis posé la même question.

— Et pour cause : à quoi rime cette mort ?

Aucune suite logique dans toutes ces histoires, alors qu'elles devraient découler d'un même mobile, mais lequel ? Disons que la femme du sarcophage était bien Martine, la veuve d'Edmund Crackenthorpe — de nombreux indices semblent le prouver.

Donc, il doit y avoir un lien entre ce fait et l'empoisonnement criminel d'Alfred. Et la clef du mystère doit se trouver *ici même*, dans la famille. Prétendre qu'il puisse s'agir d'un fou, n'arrange rien !

— Evidemment !

— Quoi qu'il en soit, prenez garde : il y a un empoisonneur dans cette maison et l'un des alités n'est pas aussi malade qu'il le prétend.

Après le départ de l'inspecteur, Lucy monta au premier étage. Une voix impérieuse l'arrêta alors qu'elle passait devant la chambre de Mr Crackenthorpe :

— Jeune fille !

S'étant rendue à cet appel, la jeune femme constata que le vieillard, confortablement installé dans son lit, paraissait très alerte pour un convalescent.

Déjà, il l'interpellait :

— Cette maison est remplie d'infirmières qui s'agitent et se donnent de l'importance. Non seulement elles ne veulent pas me laisser manger à ma guise, mais elles doivent coûter très cher ! Dites à Emma de les renvoyer ; vous pouvez me soigner aussi bien que ces furies !

— Toute la famille est malade, monsieur, et je ne peux veiller sur chacun !

— Comment va Emma ?

— Plutôt mieux !

— Et Harold ?

— Il se remet doucement.

Une courte pause et Mr Crackenthorpe lança :

— Au fait que signifie cette histoire à propos d'Alfred ? Il n'est plus de ce monde, paraît-il ?

Lucy sursauta :

— Il était défendu de vous en informer !

L'éclair d'un sourire sardonique et le vieillard murmura :

— Je sais entendre, ma fille ! Impossible de cacher quelque chose au « vieux ». Ainsi Alfred est mort ?... En voilà un qui aura attendu mon argent en vain ! Assez cocasse, ce décès... avant le mien !

— Soyez plus charitable ! s'écria Lucy plutôt choquée.

Le regard du malade se fixa sur la jeune femme.

— Je resterai le dernier. Vous verrez !

Revenue dans sa propre chambre, Lucy se prit la tête à deux mains. Bien qu'habituée au langage de Luther Crackenthorpe, l'attitude de celui-ci, après la mort de son fils, lui répugnait. Hésitant peut-être à tirer des déductions elle pensa à miss Marple, et, par un curieux enchaînement de réflexes, un mot étrange, prononcé par la vieille demoiselle — à propos de mots croisés — lui revint à l'esprit. Aussi se saisit-elle de son dictionnaire. Après avoir lu la définition du mot « tontine », elle resta immobile pendant un instant.

3

— Je ne vois pas la raison de votre visite, dit le vieux docteur Morris.

— Cependant, répondit l'inspecteur Craddock, vous avez soigné la famille Crackenthorpe pendant de nombreuses années ?

— Oui, je les ai tous connus. Mais, inspecteur, j'espère que vous n'avez pas pris à la lettre les propos de ce fou de Quimper ? Comme tous les jeunes, il fait du zèle et s'est fourré dans la tête que quelqu'un s'efforce d'empoisonner Luther Crackenthorpe ! Une idiotie ! Du mélo tout pur ! Il a déjà eu des crises gastriques et je l'ai soigné. Oh ! elles n'ont pas été fréquentes et ce ne fut jamais grave.

— Le docteur Quimper ne partage pas votre avis. Il pense que...

— Penser ? Mauvais pour un docteur de trop penser ! Et, après tout, je suis capable de déceler l'arsenic... quand il y en a !

— Des médecins ont commis des erreurs ! Rappelez-vous certains cas célèbres !

— Soit ! Admettant que l'arsenic soit en jeu, sur qui se portent les soupçons de Quimper ?

— Rien de précis ! Mais l'argent joue un grand rôle !

— Oui, je sais qu'à la mort de Luther, l'héritage sera important et que tous ont besoin d'argent. Ce qui ne veut pas dire qu'ils tueraient leur père pour le toucher plus vite.

— Pas nécessairement, admit Craddock. Aussi serais-je désireux de les connaître davantage sur le plan mental... Comment dirais-je ?... N'y a-t-il pas eu, dans la famille des cas de tension nerveuse, de prédisposition à...

Le docteur Morris dévisagea l'inspecteur avant de répondre :

— Je comprends votre pensée ! Eh bien ! l'ancêtre Josiah jouissait de toutes ses facultés et savait ce qu'il voulait. En revanche, sa femme était une névrosée, donc encline à la mélancolie. Dernière descendante d'une vieille famille noble, elle est morte peu de temps après la naissance de son deuxième fils, Luther. Vous n'ignorez pas, je crois, que celui-ci a hérité de sa mère une certaine instabilité d'esprit. Dès sa jeunesse, il était très quelconque et son manque d'aptitude aux affaires avait déçu son père qui le méprisait. Luther s'en rendait compte. De là, une sorte d'obsession qui l'a poursuivi même après son mariage. Une simple conversation avec lui prouvera la profonde aversion qu'il éprouve lui-même pour ses fils. En revanche, il a beaucoup aimé ses deux filles, Emma et Edie, qui est morte.

— Pourquoi cette aversion à l'égard des fils ?

— Les psychiatres à la mode vous feraient peut-être un bel exposé sur ce point. Pour ma part, je me contenterai de dire que Luther a un complexe d'infériorité et que sa situation financière le choque. Certes, il est assuré d'un revenu plus qu'appréciable, mais il ne peut disposer du capital S'il avait le droit de déshériter ses fils, peut-être ne les détesterait-il pas. Le fait d'être sans pouvoir à leur égard l'humilie profondément.

— Ce qui explique pourquoi l'idée de survivre à ses fils lui plaît énormément ?

— Aucun doute à cet égard ! Et le même complexe l'a poussé à l'avarice, du moins, je le crois. A ce propos, on peut dire que la somme qu'il a pu mettre de côté, en économisant la plupart de ses revenus, est considérable !

— Je suppose qu'il a le droit de la léguer à qui bon lui semble.

— Naturellement ! Mais à qui ? Peut-être à Emma... j'en doute. Plutôt à Alexander, son petit-fils.

— Son préféré, je crois ?

— Du moins selon les apparences. Voyez-vous, il est le descendant de *l'une de ses filles* (Edie) — et pas d'un fils — ce qui peut expliquer la préférence !

L'inspecteur acquiesça, puis sans transition, lança :

— En toute confidence, pensez-vous que la nouvelle génération des Crackenthorpe soit exempte d'une quelconque tare ? J'entends : sont-ils tous normaux ?

— Je vous vois venir, répliqua calmement le docteur Morris. Mes impressions se résument à ceci : Cedric relève de la catégorie des excentriques et on peut ajouter que c'est un révolté de naissance. Evidemment, je n'affirmerais pas qu'il est... tout à fait normal. Mais, mon cher inspecteur, où pourrait-on trouver un homme parfaitement normal ! Harold, lui, est de ceux qui se cantonnent dans... l'orthodoxie — celle de son milieu, s'entend. On ne saurait le qualifier d'affable : il représente le type d'homme d'affaires, bien élevé certes, mais toujours à l'affût de gros bénéfices. Quant à Alfred, il a toujours donné l'impression d'avoir un méfait sur la conscience. Le suspect perpétuel ! Mais... paix à sa mémoire.

— Et Miss Crackenthorpe ?

— Oh ! une gentille fille, calme... simple. Toutefois, il n'est pas facile de connaître ses pensées. Cette jeune personne les extériorise rarement, et croyez-moi, elle a plus de caractère qu'on ne le croirait à première vue.

— Vous avez connu Edmund, l'aîné, qui a été tué pendant la guerre, je pense ?

— Certes ! Le meilleur du lot !

— Avez-vous entendu parler de son projet de

mariage — ou de son mariage — avec une Française ?
— J'en ai l'impression, mais cela remonte loin !
— Au début de la guerre, je crois.
— Exactement ! Peut-être aurait-il regretté cette union avec une étrangère, s'il avait survécu.
Craddock eut un léger sursaut.
— Il serait plus exact de dire que la mort de sa femme l'aurait bouleversé.
Le docteur Morris ne cherchait pas à dissimuler sa surprise. Aussi l'inspecteur lui révéla-t-il tous les détails de l'affaire du sarcophage et que tout portait à croire que la femme étranglée était la veuve d'Edmund.
— Extraordinaire ! Plutôt un roman policier que la réalité, inspecteur ! Mais je ne vois pas le rapport avec des empoisonnements à l'arsenic, à *Rutherford Hall* !
— Le tout se lie peut-être, si les mobiles sont approfondis. Il est possible que, poussée par la cupidité, une certaine personne entende s'approprier la plus grosse part de l'héritage de Josiah Crackenthorpe.
— Folie ! répliqua le vieux docteur. Pensez aux fabuleux prélèvements du fisc !

CHAPITRE XXI

De bonne heure, ce matin-là, Lucy prit un plateau et se rendit dans la chambre de Mr Crackenthorpe.
L'accueil ne fut pas encourageant.

— Que m'apportez-vous ? grogna le vieillard.
— Un consommé et une crème.
— Au diable ! Remportez le tout : j'ai dit à la nurse que je voulais un beefsteak.
— Ordre du docteur Quimper !
— Je me sens très bien, et je me lèverai dès demain ! Et les autres ?
— Mr Harold est presque rétabli. Il rentre à Londres dans les vingt-quatre heures.
— Bon débarras ! Et Cedric ? Aucun espoir de son départ pour les Baléares ?
— Il reste ici jusqu'à nouvel ordre.
— Dommage ! Pourquoi Emma ne vient-elle pas me voir ?
— Elle est encore alitée.
— Certaines femmes ne pensent qu'à se soigner ! Mais vous, ma fille, vous êtes forte ! Toujours alerte et courant d'une chambre à l'autre.
— Je prends de l'exercice, semble-t-il.
— Oh ! je n'oublie pas ce que je vous ai confié, et vous en aurez la preuve, tôt ou tard. Emma n'agira pas toujours à sa guise. Et n'écoutez pas ceux qui prétendent que Crackenthorpe est un avare : je prends soin de mon argent, voilà tout. J'ai mis de côté une jolie liasse et je sais exactement ce que j'en ferai, le moment venu !

Déjà, il la regardait avec insistance, mais ignorant la main qui avançait dans sa direction, Lucy sortit en toute hâte.

Le plateau suivant fut pour Emma.

— Merci, Lucy, dit miss Crackenthorpe. Je me sens mieux, ce matin, et j'ai faim. Mais, ma chère, je suis très ennuyée à propos de votre tante : vous

n'avez certainement pas eu le temps d'aller la voir !
— Hélas non !
— Eh bien ! téléphonez-lui : les personnes âgées s'inquiètent beaucoup quand elles sont privées de nouvelles.
— Très aimable à vous !

De fait, les événements n'avaient pas permis à Lucy de penser à miss Marple. Elle se promit de l'appeler, après avoir apporté son petit déjeuner à Cedric. Confortablement assis dans son lit, le peintre de la famille passait son temps à écrire.

— Hello ! s'écria-t-il, à l'entrée de la jeune femme. Quelle mixture m'avez-vous encore apportée ? Je voudrais envoyer la nurse au diable ! Quelle drôle d'habitude est la sienne de m'appeler « nous » : « Et comment sommes-nous, ce matin ?... Avons-nous bien dormi ?... Oh ! nous ne sommes pas raisonnable... »

Il imitait à la perfection la prononciation raffinée de la garde-malade.

— Vous me semblez très gai ! dit Lucy. Que faites-vous donc avec tous ces papiers étalés sur votre couverture ?

— Des plans ! Je ne veux pas être pris au dépourvu quand le vieil homme partira pour son dernier voyage. Cette propriété a une grande valeur et je ne sais pas encore si je la vendrai. La maison même conviendrait pour une clinique ou pour une école. Peut-être liquiderai-je la moitié du parc. Qu'en pensez-vous ?

— *Rutherford Hall* ne vous appartient pas encore ! répliqua Lucy, plutôt sèchement.

— Mais j'en serai le propriétaire, un jour ou l'autre ; n'oubliez pas que, depuis la mort d'Edmund, je suis l'aîné. Et si je vends, l'argent restera un *capital* ; je ne veux aucune rente. De cette façon, pas d'impôt sur le revenu. Pensez, un capital que je pourrai dépenser !

— Je croyais que vous méprisiez la fortune ?

— Naturellement... quand j'en étais privé ! La seule attitude digne que peuvent assumer les pauvres. A propos, qu'a donné l'enquête sur la mort d'Alfred ?

— Rien. L'affaire est ajournée.

— La police a des doutes. Et ces empoisonnements en série suffisent pour mettre la puce à l'oreille à tous ceux qui vivent dans cette maison. Mieux vaut faire très attention à vous, ma chère !

— Je le sais !

Dès sa sortie de la chambre, Lucy téléphona à miss Marple.

— Je suis navrée de ne pas avoir pu vous rendre visite, mais j'ai un travail fou !

— Je m'en doute. En outre, on ne peut rien faire pour le moment. Il nous faut attendre.

— Attendre quoi, exactement ?

— Elspeth McGillicuddy doit revenir de Ceylan sous peu. Je lui ai écrit de prendre l'avion aussitôt que possible, prenant soin de souligner qu'il s'agissait d'un devoir impérieux.

— Ne craignez-vous pas qu'entre-temps... ?

— ... il y ait encore un décès ? Je ne le pense pas, mais sait-on jamais, quand on a affaire à des criminels endurcis.

— Des obsédés, peut-être ?

— Je sais qu'à notre époque, on a tendance à

attribuer nombre de crimes à l'obsession. mais je ne suis pas de cet avis. Trop facile, en vérité !

Revenue dans la cuisine, Lucy prépara rapidement son déjeuner, puis s'intalla dans le petit bureau attenant à la salle à manger Son repas était à peine terminé quand la porte s'ouvrit brusquement et Bryan Eastley fit son apparition.

— Bonjour ! dit la jeune femme. Je ne m'attendais pas à votre visite.

— Je le suppose. Et comment va la famille ?

— Mieux. Harold nous quitte demain.

— Que pensez-vous de toute cette affaire ? S'agissait-il vraiment d'arsenic ?

— De toute évidence !

— Mais les journaux sont muets !

— Peut-être la police est-elle très discrète. Elle se réserve pour le bon moment.

— Je me demande qui a pénétré dans la cuisine pour empoisonner les mets !

— N'oubliez pas que je suis moi-même suspecte, puisque j'ai préparé le fameux curry !

Bryan eut un sursaut et se prit à dévisager la jeune femme. Celle-ci savait qu'aucun méfait n'avait été commis pendant la cuisson, puisqu'elle n'avait pas quitté la cuisine avant de mettre le couvert. Donc, la seule personne susceptible d'être intervenue, à ce moment-là, ne pouvait être que l'un des convives réunis dans la salle à manger.

Bryan avait repris ses esprits.

— Et pourquoi seriez-vous suspecte ? Je veux dire, pourquoi auriez-vous eu recours à un poison ? Vous n'avez aucun intérêt dans les affaires de la famille.

Lucy se contenta d'ébaucher un sourire.

— Mais, reprit Bryan, j'espère que vous ne m'en voulez pas d'être revenu à l'improviste ?

— Nullement ! Avez-vous l'intention de faire un séjour ici ?

— Cela me serait un réconfort. Voyez-vous, je suis sans emploi pour le moment et l'inaction ne vaut rien pour moi ! Cependant, je crains d'importuner...

— Oh ! votre belle-sœur, seule, pourrait objecter...

— De ce côté, je n'ai aucune crainte. Emma s'est toujours montrée compréhensive à mon égard. A sa façon ! Elle n'est pas très expansive, et, parfois, elle a des idées noires. Rien d'étonnant : la vie à *Rutherford Hall* n'est pas folâtre et les exigences de Mr Crackenthorpe décourageraient les plus optimistes. Il est regrettable qu'Emma ne se soit pas mariée. Trop tard, maintenant, je suppose.

— Je ne le crois pas.

— Alors... un clergyman, peut-être. Elle s'emploierait à développer les bonnes œuvres, l'Association des mères, par exemple.

— Hum !... Ce but seul ne semble pas décisif !

— Peut-être avez-vous raison ! Oh ! laissez-moi porter votre plateau.

Et tous deux entrèrent dans la cuisine.

— Puis-je vous aider ? demanda Bryan. De nos jours, les gens n'apprécient guère un pareil endroit, mais *tout* me plaît dans cette maison. Vous m'objecterez qu'elle est vieux jeu et meublée en dépit du bon sens ; qu'importe ! j'y ai pris goût. Et, dans ce vaste parc, on pourrait même atterrir en avion.

Il s'empara d'un linge et commença à essuyer les

cuillères et les fourchettes, avant de reprendre la parole.

— Il semble regrettable que *Rutherford Hall* soit destiné à Cedric. La première chose qu'il fera sera de vendre le tout, puis il repartira pour l'étranger. Je ne peux pas comprendre pourquoi notre vieille Angleterre ne suffit pas à certains. Harold, lui aussi, liquiderait la propriété et, naturellement, elle serait trop vaste pour Emma. En revanche, Alexander et moi, nous y serions aussi heureux que des poissons dans l'eau. Naturellement, la présence d'une femme serait nécessaire...

Il se prit à regarder Lucy qui demeurait silencieuse.

— Et, ajouta-t-il bientôt, à quoi bon évoquer tout cela ? Si Alexander héritait de ce paradis, cela signifierait que *tous* sont morts, et la chose est peu probable. En outre, mon beau-père me donne parfois l'impression de vouloir vivre au-delà de cent ans. — ne serait-ce que pour décevoir ses héritiers. Je ne suppose pas que la mort d'Alfred l'a affecté outremesure ?

— Certainement pas !

— Drôle de bonhomme ! conclut Bryan, presque gaiement.

CHAPITRE XXII

Mrs Kipper, la femme de charge, était tenace :
— Epouvantables, les racontars de tous ces gens ! affirma-t-elle, ce matin-là. Naturellement, j'évite de

les écouter dans la mesure du possible, mais le fait demeure !...

Elle attendait une réponse qui eût satisfait sa curiosité.

— J'en conviens ! dit simplement Lucy.

Tout en affectant de frotter scrupuleusement le carreau de la cuisine, et reculant à quatre pattes, tel un crabe, la femme de charge crut devoir insister :

— A propos du cadavre trouvé dans le sarcophage, certains prétendent qu'il s'agit d'une petite amie que Mr Edmund a eue pendant la guerre. Elle désirait s'installer ici, mais un mari jaloux l'a suivie et l'a tuée. Evidemment, tout est possible de la part de tels gens, mais je pense qu'après tant d'années, une pareille histoire est impossible !

— Sans doute ! murmura Lucy, sans plus.

La brièveté de la réponse agit comme un aiguillon sur Mrs Kidder.

— On dit encore pis que cela ! Par exemple, j'ai entendu raconter que Mr Harold avait épousé une femme en France, et qu'elle a découvert son deuxième mariage avec lady Alice. Menacé de chantage, Mr Harold n'a eu qu'une ressource : l'étrangler !

— Inepte ! et je comprends que vous évitiez d'écouter de pareilles choses !

Mrs Kidder se disposait à lancer une nouvelle attaque, quand la cloche retentit dans le hall.

— Je vais voir ! dit Lucy, soulagée de mettre un terme à ce bavardage. Peut-être est-ce le docteur Quimper.

Elle se trompait : sur le seuil de la grande porte se tenait une femme grande et très élégante dans un manteau de vison. Devant le perron, une Rolls était arrêtée, chauffeur au volant.

— Puis-je être reçue par miss Emma Crackenthorpe ?

La voix était chaude et la femme jolie. Trente-cinq ans environ, chevelure brune et admirablement coiffée.

— Je regrette, répondit Lucy, mais miss Crackenthorpe est alitée et ne peut recevoir de visites.

— Je sais qu'elle a été malade, mais il est nécessaire que je lui parle.

— Je crains...

La visiteuse l'interrompit :

— N'êtes-vous pas miss Eyelessbarrow ?

Elle eut un charmant sourire, avant d'ajouter :

— Mon fils m'a parlé de vous ! Je suis lady Stoddard West ; Alexander Eastley est chez nous pour le moment.

— Oh ! je comprends...

— Et il me faut absolument voir miss Crackenthorpe. Je sais tout à propos de sa maladie et soyez certaine que je ne fais pas une simple visite de politesse. Il s'agit des confidences de mon fils et d'Alexander à propos de *Rutherford Hall*. Elles sont assez graves pour justifier un entretien immédiat.

— Dans ces conditions, veuillez entrer, madame. Je vais la prévenir

— Lady Stoddard West ? s'écria Emma, quand Lucy lui mentionna ce nom.

Déjà, elle s'inquiétait :

— Serait-il arrivé un accident... à Alexander ?

— Non, mais cette dame veut vous parler à tout prix au sujet... des récents événements.

— Je dois donc la recevoir.

Le temps de jeter un rapide coup d'œil sur la chambre de la convalescente, et Lucy introduisit la visiteuse.

— Merci, je me sens beaucoup mieux, et le docteur permet que je me lève dès demain, répondit Emma à la première question de lady Stoddard West.

— Miss Crackenthorpe, je suis confuse de me faire annoncer à l'improviste, reprit la mère du jeune Stoddard.

— Je vous en prie, prenez place. Que puis-je ?...

— Ma présence en un pareil moment peut vous sembler étrange, mais vous allez sûrement en comprendre la raison. Les jeunes gens m'ont raconté beaucoup de choses... Oh ! ce que j'ai à dire n'est guère facile à exprimer, mais.. tant pis ! Entre autres, Stoddard et Alexander m'ont assuré que la police soupçonne que la victime du sarcophage n'est autre qu'une jeune femme que votre frère — tué au début de la guerre — avait connue en France. Est-ce exact ?

— C'est une possibilité qu'on est obligé d'admettre, répondit Emma, d'une voix incertaine.

— Et pourquoi ce soupçon ? Les enquêteurs ont-ils trouvé des lettres... des papiers d'identité ?

— Le seul indice est une lettre que m'a envoyée cette Martine.

— Comment ?... Vous avez reçu une lettre de Martine ?

— Oui. Elle m'informait qu'elle était à Londres et désirait me voir. En conséquence, je l'ai invitée, mais un télégramme m'a avisée qu'elle était obligée de rentrer en France sur-le-champ. Aucune nouvelle depuis ; cependant, on a trouvé, dans notre parc, une enveloppe portant son adresse. Ce qui laisse supposer que cette personne s'est bien rendue à *Rutherford Hall !* Je ne vois pas...

Lady Stoddard West ne la laissa pas achever :

— Vous ne voyez pas en quoi cela peut justifier ma visite ? Et, à votre place, j'aurais la même pensée ! Mais, après avoir entendu les jeunes garçons, j'ai voulu vérifier leurs propos, car...

— Car... ? répéta Emma, dont l'anxiété croissait.

— ... Je suis *Martine*, Martine Dubois, mon nom de jeune fille !

Emma fixait son interlocutrice et son regard prouvait amplement que cette révélation la dépassait.

— Vous ! Martine ! s'écria-t-elle, incrédule.

— Sans le moindre doute ! J'ai connu votre frère Edmund dès les premiers jours de la guerre ; il était cantonné chez nous. La suite est facile à comprendre : nous sommes tombés amoureux l'un de l'autre, et nous avions décidé de nous marier ; mais ce fut la débâcle de Dunkerque ; Edmund fut porté disparu ; puis je reçus confirmation de sa mort. Ne parlons pas de ces pénibles moments : ils sont très loin. Qu'il me soit simplement permis de vous dire que j'ai beaucoup aimé votre frère.

Vinrent ensuite les sinistres réalités de l'occupation allemande. Devenue membre de la Résistance, j'avais pour mission d'aider des Britanniques à rentrer en Angleterre. C'est ainsi que je fis la connaissance de celui qui est maintenant mon mari. Il avait été parachuté, en mission secrète. Nous nous sommes mariés à la fin des hostilités. A deux reprises, j'ai eu l'idée de vous écrire, mais je me suis ravisée : à quoi cela eût-il servi de raviver des souvenirs ? J'avais refait ma vie...

Toutefois, j'ai éprouvé une grande joie quand j'ai découvert que le meilleur ami de mon fils, à l'école, était le propre neveu d'Edmund... A la vérité, Alexander ressemble beaucoup à votre frère, et je suis certaine que cela vous a frappée.

Emma était bouleversée. Lady Stoddard West se pencha vers elle :

— Maintenant, chère Emma — permettez-moi de vous appeler ainsi — vous comprenez pourquoi j'ai voulu vous révéler la vérité. Il faut que la police soit avisée au plus vite : un fait est certain, la victime du sarcophage peut être n'importe qui... sauf Martine !

— Ainsi, et je n'ose encore l'admettre, *vous* êtes cette Martine au sujet de laquelle mon cher frère m'avait écrit... Mais, dans ces conditions, la lettre que j'ai reçue...

— .. n'a pas été envoyée par moi !

— Alors...

— ... Quelqu'un a voulu jouer le rôle de Martine pour essayer d'extorquer la forte somme ! Mais qui ?

Emma réfléchit un instant avant de répondre :

— Je suppose que des personnes ont été au courant...

— ... des projets d'Edmund et de moi-même ? Ce n'est pas impossible, mais à l'époque, il n'y a eu aucune confidence de ma part à qui que ce soit, et depuis mon arrivée en Angleterre — pour mon mariage — je n'ai jamais fait la moindre allusion au passé. Pourquoi a-t-on attendu aussi longtemps pour tenter une sorte de chantage ? Toute cette affaire est vraiment curieuse !

— Elle me fait perdre la tête ! Nous devons aviser l'inspecteur Craddock et lui demander ce qu'il pense de tout cela.

Les traits d'Emma s'adoucirent, et ses yeux exprimaient une certaine sympathie quand elle ajouta :
— Quoi qu'il en soit, je suis heureuse de vous connaître.

— Et moi, de même ! Edmund m'avait souvent parlé de vous ; il vous portait une vive affection. Voyez-vous, je suis comblée dans ma vie actuelle, mais on n'oublie pas... complètement.

Un long soupir, et miss Crackenthorpe murmura :
— Tant que j'ai cru à l'assassinat de Martine, cette affaire m'a semblé impliquer toute la famille. Maintenant, je me sens presque libérée. J'ignore l'identité de la victime mais une chose est certaine : elle n'a *aucun lien* avec nous !

CHAPITRE XXIII

L'élégante secrétaire apporta à Harold Crackenthorpe sa tasse de thé habituelle.
— Merci, miss Ellis. Je rentrerai chez moi de bonne heure.

— Peut-être n'auriez-vous pas dû venir au bureau aujourd'hui. Vous semblez très fatigué.

Le fait était qu'Harold Crackenthorpe se sentait encore déprimé. Quoi de plus naturel, après toutes ces émotions ? Enfin, le plus dur était passé.

« Extraordinaire ! se prit-il à penser, tout en sucrant son thé ! Alfred est mort et le père a résisté ! Le père qui a soixante-treize ou soixante-quatorze ans, et se plaint sans cesse ! En revanche, Alfred jouissait d'une excellente santé... Curieux, en vérité. »

Harold se laissa glisser sur son fauteuil ; la secrétaire avait raison, il n'était pas dans son assiette ; cependant il avait tenu à se rendre à son bureau. Il lui fallait absolument savoir comment les affaires évoluaient ; un simple coup d'œil, certes mais un coup d'œil nécessaire. Tout en réfléchissant, l'homme d'affaires jetait un regard autour de lui : tout, dans cette pièce, respirait la prospérité : les meubles, les tapis, l'éclairage. Et il fallait qu'il en soit ainsi pour inspirer confiance. De fait, le monde des affaires croyait encore à sa stabilité financière, mais le krach ne pourrait être différé plus longtemps. Ah ! si son père était mort à la place d'Alfred — « comme il se devait » — tous ses soucis se seraient envolés.

Harold tenta de se ressaisir : rester sûr de lui, voilà qui permettrait de donner le change. Au diable cet Alfred qui n'avait jamais su cacher ce qu'il était : un besogneux craignant des spéculations d'envergure, et dont les basses rouveries ne manquaient jamais d'éveiller les pires soupçons. Tout bien considéré, il n'avait jamais aimé cet avorton de frère et sa mort n'était pas une grande perte. Même sa disparition allait lui permettre, à lui, Harold, de toucher une plus grande part de la fortune de Josiah, le grand-père ! Quatre héritiers au lieu de cinq, une différence appréciable, en fin de compte...

Cette pensée ranima Harold. Il se saisit de son chapeau et de son pardessus. Mieux valait prendre quelque repos pendant un jour ou deux : le temps de se remettre complètement d'aplomb.

Darwin, son valet de chambre, l'accueillit sur le seuil de son domicile.

— Lady Alice vient d'arriver, dit-il.

Un moment, Harold le regarda sans comprendre, puis il se souvint : eh oui ! il avait oublié que sa femme rentrait du midi de la France ! Une bonne chose, ce rappel, car il eût été indécent de paraître surpris. A la réflexion, cela n'aurait pas eu grande importance : son épouse, ni lui-même ne se faisaient d'illusions sur les sentiments qu'ils éprouvaient à l'égard l'un de l'autre. Peut-être l'aimait-elle, après tout — il n'aurait pu exprimer une opinion à cet égard.

A tout prendre, lady Alice fut la source de grandes déceptions. Certes, sa famille et ses relations avaient eu leur utilité, mais pas autant qu'Harold l'eût désiré : il s'était marié avec l'espoir d'avoir des enfants qui auraient profité des titres de noblesse et de l'entourage de leur mère... et il n'y avait eu aucune descendance ! Le couple vieillissait dans la monotonie. Aussi Alice avait-elle pris l'habitude de faire des séjours chez des amis et de passer une partie de l'hiver sur la Riviera. Déplacements qui leur convenaient à tous deux.

Le temps de se composer un visage, et Harold pénétra dans le grand salon.

— Heureux de vous revoir, ma chère ! dit-il à Alice, installée dans un fauteuil. J'aurais voulu vous accueillir à la descente du train, mais les affaires m'ont retenu, et je suis rentré le plus rapidement possible. Comment vont les choses à Saint-Raphaël ?

Mince, avec une chevelure blond-roux, un nez busqué et des yeux couleur noisette sans expression, elle répondit de cette voix affectée et monotone qui est, dit-on, l'une des caractéristiques de l'aristocratie britannique. Oui, Saint-Raphaël était toujours aussi plaisant et elle avait fait un bon voyage, bien que la traversée de la Manche eût été mouvementée. Quant à la douane, à Douvres, elle se montrait toujours insupportable.

— Pourquoi n'avez-vous pas pris l'avion ? Cela eût tout simplifié.

— Sans doute, mais je n'aime pas les traversées aériennes : elles me portent sur les nerfs.

— Elles permettent de gagner du temps !

Lady Alice Crackenthorpe réprima un sourire. Peut-être pensait-elle que son seul souci était de chercher à passer le temps, et non pas à en gagner.

— A propos, dit-elle, le télégramme envoyé par Emma m'a inquiétée. Vous avez été très malade ?

— Oui, répondit Harold, mais je suis rétabli.

— Mon émotion était d'autant plus grande que j'avais lu dans un journal qu'une famille entière avait été empoisonnée par des aliments avariés. Les frigidaires sont parfois dangereux : les gens l'oublient.

— Possible !...

Un instant, Harold fut tenté de révéler la cause de sa maladie : l'arsenic, mais l'attitude impassible de sa femme l'en dissuada. Dans le monde d'Alice, pensa-t-il, il n'y a, apparemment, aucune place pour l'empoisonnement par une telle drogue ; la haute société se contente de lire les reportages des gazettes sur les crimes de ce genre. Différence de milieux, sans doute : l'arsenic avait joué un grand rôle chez les Crackenthorpe !

Dans sa chambre, Harold se reposa pendant près de deux heures avant de passer son habit pour le dîner, en tête à tête avec Alice. A table, la conversation se borna aux habituelles platitudes jusqu'au moment où sa femme interrompit des considérations anodines sur des amis communs.

— Il y a un petit paquet pour vous, sur la table du hall, dit-elle.

Puis, changeant brusquement de sujet, elle ajouta :

— Il me revient qu'à Saint-Raphaël, on m'a dit que le cadavre d'une femme avait été trouvé à *Rutherford Hall*. Je suppose qu'il y a deux propriétés portant ce nom.

— Erreur, ma chère ! Il s'agit bien de la nôtre : le cadavre se trouvait dans une dépendance.

— Vraiment, Harold ! Je suis surprise : une telle découverte chez votre père et vous ne m'avez rien dit !

— Je n'ai pas encore eu l'occasion de vous relater la chose, et cette affaire est déplaisante. Naturellement, aucun rapport avec la famille, mais nous avons reçu la visite de la police à plusieurs reprises.

— Très ennuyeux ! Ont-ils trouvé le coupable ?

— Pas encore.

— Quelle sorte de femme était la victime ?

— On l'ignore. Il s'agirait d'une Française.

— Oh ! une étrangère ! dit-elle avec un certain dédain.

Après le repas, Harold alla prendre le petit paquet

dont sa femme lui avait parlé, puis passa dans le salon où Alice l'attendait. Assis en face d'elle, il ouvrit le paquet qui contenait une boîte recouverte de l'étiquette du pharmacien de la famille, à Brackhampton. Au-dessous de l'adresse, était écrit : *Prendre deux comprimés au coucher.*

Harold parut étonné. Les comprimés qui se trouvaient à l'intérieur de la boîte étaient similaires à ceux qui lui avaient été prescrits, après son empoisonnement, à *Rutherford Hall*. Cependant, Quimper lui assura, avant son départ, qu'il était guéri et tout médicament inutile.

— Qu'avez-vous, cher ? s'enquit Alice. Vous paraissez soucieux.

— C'est à propos de ces comprimés. Le docteur m'avait pourtant dit *de ne plus en prendre.*

— Peut-être avez-vous mal entendu ! Ne vous aurait-il pas conseillé, au contraire, *de continuer à les prendre* ?

— C'est possible ! répondit Harold sans grande conviction.

Sa femme semblait le fixer avec curiosité. Souvent, il se demandait ce qu'elle pensait exactement, mais impossible de lire quoi que ce soit dans son regard : ses yeux évoquaient les fenêtres ouvertes d'une maison vide.

L'avait-elle épousé simplement en raison de ses succès d'homme d'affaires et parce qu'elle était lasse de la pauvreté de sa famille — des aristocrates ruinés ? Si tel était le cas, elle n'avait pas eu à se plaindre : une splendide auto, un hôtel particulier et des voyages à loisir !

Puis la pensée d'Harold se reporta, une fois de

plus, sur l'héritage du grand-père. Inique, ce testament qui les obligeait à danser sur une corde, pour ainsi dire ! Et son père, le vieux Luther, qui ne se décidait pas à quitter ce monde ! Sûrement, il ne pouvait vivre éternellement, sinon... Et Harold se sentit encore plus fatigué...

Alice ne le quittait plus des yeux, et leur terne regard accentuait le malaise de son mari.

— Je crois que je vais aller me coucher, dit-il soudainement. N'oubliez pas que je viens de faire ma première sortie !

— Excellente idée ! Je suis certaine que le docteur vous a conseillé de vous ménager ?

— Les docteurs donnent toujours ce conseil !

— Et pensez à prendre vos comprimés !

Elle lui tendit la boîte qu'il avait déposée sur une petite table.

Dans sa chambre, Harold fut pris d'un léger vertige. Oui, il avait besoin d'un reconstituant : sans hésiter, il se saisit de deux comprimés et les avala.

CHAPITRE XXIV

— Maudite affaire. Personne n'aurait pu l'embrouiller mieux que moi ! dit Dermot Craddock, maussade à souhait.

Il était assis dans un fauteuil, bras ballants et jambes allongés, attitude qui choquait quelque peu dans un petit salon encombré de bibelots.

A la vérité, l'inspecteur donnait l'impression d'un homme las, découragé, à bout d'arguments, même.

De sa voix apaisante, miss Marple s'efforça de le réconforter :

— Vous avez agi avec discernement, mon cher ami.

— Et j'ai laissé empoisonner toute une famille ! Alfred Crackenthorpe est mort, puis Harold l'a suivi dans la tombe. Que diable se passe-t-il dans cette damnée maison ? Voilà ce que mon fameux discernement devrait me permettre de savoir !

— Pour Harold, demanda miss Marple, il s'est bien agi de comprimés contenant un poison ?

— Pas le moindre doute. Procédé aussi diabolique qu'expéditif : ces comprimés avaient la forme et le poids de ceux prescrits à la victime, immédiatement après l'empoisonnement. Dans la boîte même se trouvait une note tapée à la machine : *A prendre selon l'ordonnance du docteur Quimper.* Or, celui-ci n'a pas donné l'ordre de renouveler ce médicament et, par surcroît, le couvercle portait l'étiquette du pharmacien de la famille qui ignore tout de l'envoi de la boîte. Pour cause : elle a été subtilisée à *Rutherford Hall.*

— *A Rutherford Hall !* En êtes-vous absolument certain ?

— Oui ! Nous avons procédé à une enquête approfondie. Ladite boîte n'est autre que celle qui contenait initialement les pilules sédatives d'Emma.

— Emma ?

— Nous avons relevé ses empreintes ainsi que celles de la nurse et du pharmacien qui, à défaut des comprimés d'Harold, avait bien préparé les pilules de miss Crackenthorpe. Aucune trace d'autres empreintes : l'expéditeur des comprimés était prudent !

— De quel poison s'est-il servi ?
— D'aconit, cette fois.

Craddock émit une sorte de grognement, puis il crut devoir s'excuser :

— Ne tenez aucun compte de mes réactions, je suis furieux. Quelle ressource me reste-t-il, sinon me confier à vous ?

— Je suis touchée de votre confiance, reprit miss Marple. Et mes sentiments à votre égard me permettent de comprendre votre état d'esprit.

Une vague approbation, et l'inspecteur s'agita de nouveau :

— Le fait demeure que j'ai tout gâché. Mon chef m'envoie spécialement ici, et j'ignore encore le nom du coupable. Impossible de faire la lumière sur le sort d'Alfred et de Harold. Par surcroît, je n'ai aucune idée de l'identité de la femme du sarcophage ! Un moment, j'ai cru que l'histoire de cette Martine allait nous mettre sur la voie, et voilà que la femme qui a porté réellement ce nom n'est autre que lady Stoddard West ! Autre coup de massue : Anna Stravinska n'a absolument rien à voir avec le crime !

— Rien à voir ? Est-ce prouvé ?

Etonné, Craddock dévisagea son interlocutrice.

— Souvenez-vous de la carte envoyée de la Jamaïque, dit-il.

La vieille demoiselle hocha la tête :

— *N'importe qui* peut recevoir une carte envoyée de *n'importe où*. Tenez, je me souviens d'une amie qui, souffrant d'une forte dépression nerveuse, eut l'idée de se faire soigner dans une clinique. A seule fin de ne pas effrayer sa famille, elle écrivit une douzaine de cartes postales qu'elle fit envoyer aux siens de plusieurs villes de l'étranger, donnant à entendre qu'elle voyageait pour son plaisir. Cela vous donne-t-il une idée ?

L'inspecteur hocha la tête.

— La vérité est que j'aurais ordonné une enquête approfondie sur l'origine de la carte, si le cas Martine ne m'avait pas semblé résoudre le problème.

— Trop facilement, peut-être !

— Vous êtes sévère, répliqua Craddock ; mais serrons plutôt les faits de près. Lady Stoddard West n'ayant pas écrit la lettre signée « Martine Crackenthorpe », une autre personne s'en est chargée. Une personne qui prétendait être Martine et allait essayer de toucher la forte somme.

— D'accord !

— N'oublions pas l'enveloppe de la lettre qu'Emma a expédiée à l'adresse donnée par la soi-disant Martine. Et où l'a-t-on découverte, sinon à *Rutherford Hall* même ? Donc, la personne qui l'a reçue a dû se rendre dans cette propriété.

— Un instant, je vous prie : la femme étranglée n'est pas venue à *Rutherford Hall*, interrompit la vieille demoiselle. Pas vivante, en tout cas, puisque son cadavre a été jeté hors d'un train. La présence de l'enveloppe prouve simplement que l'*assassin*, lui, a pénétré dans le domaine des Crackenthorpe. Disons qu'en fouillant sa victime, il a trouvé ladite enveloppe et qu'il s'en est saisi. Puis, pressé de s'enfuir, il l'a laissé tomber par mégarde, ou bien, je me le demande maintenant, s'agit-il vraiment d'une négligence ?

— Que voulez-vous dire ?

— Rassemblez vos souvenirs : l'inspecteur Bacon,

d'abord, vos propres assistants, ensuite, ont sûrement poussé leurs recherches à fond, dès l'alerte donnée, et ils n'ont rien trouvé. C'est *plus tard* que l'enveloppe a été ramassée dans le réduit où se trouve la chaufferie.

— En effet, nos enquêteurs avaient déjà mis ce réduit sens dessus dessous. Sans résultat ! Pourtant, le vieux jardinier a l'habitude d'y rassembler chaque jour tout ce que les gens jettent un peu partout.

— Donc, cette enveloppe n'a pas été jetée sur-le-champ et sa découverte *tardive* a permis à Alexander et à Stoddard West de vous la remettre.

— Insinuez-vous que quelqu'un est intervenu dans ce but ?

— Je me le demande. Tout compte fait, il était facile de se douter des endroits que les jeunes gens allaient successivement inspecter. Je suis portée à croire que cette enveloppe vous a également incité à oublier Anna Stravinska.

— Selon vous, cette femme serait...

— Disons seulement que *quelqu'un* a dû s'alarmer quand vous avez ouvert une enquête à son sujet et que ce « quelqu'un » a agi en conséquence.

Craddock devenait nerveux.

— Tenons-nous-en au fait de base, à savoir qu'une personne X entendait jouer le rôle de Martine, et que, pour une quelconque raison, elle y a renoncé. Pourquoi ?

— Point capital !

— Essayons de trouver une réponse : *on* envoie à *Rutherford Hall* un télégramme annonçant que « Martine » est obligée de rentrer immédiatement en France. Ensuite, le même « on » prend ses dispositions pour voyager dans le même train qu'une inconnue et... l'étrangle en cours de route.

— Une inconnue ? Pas tout à fait : la réalité me paraît plus simple.

— Qu'insinuez-vous ? s'écria Craddock. Savez-vous, oui ou non, quel rôle jouait la femme étranglée et qui elle était ?

La vieille demoiselle soupira :

— Donner une réponse catégorique me semble difficile. Entendez par là que, si j'ignore encore certains détails, en revanche sa situation de famille, au moment du crime, semble se préciser. Vous me comprenez ?

Craddock rejeta brusquement sa tête en arrière :

— Pas du tout, avoua-t-il.

Son regard s'étant porté vers la fenêtre, il eut un sursaut :

— Oh ! voici votre Lucy Eyelessbarrow. Dans ces conditions, je me retire. Mon amour-propre a été mis à dure épreuve, cet après-midi, et le spectacle d'une jeune femme absolument sûre d'elle-même me serait trop pénible.

— Eh bien ! nous reprendrons cette conversation un peu plus tard, conclut miss Marple.

CHAPITRE XXV

— J'ai cherché le mot *tontine* dans le dictionnaire, dit Lucy, après l'échange habituel de brèves formules de politesse.

— Voilà qui ne me surprend guère, répondit miss Marple, sans se départir de son calme. Et qu'avez-vous trouvé ?

— Ceci : « Lorenzo Tonti, banquier italien, a imaginé, en 1653, une sorte de mutuelle qui permet la reversabilité des parts des souscripteurs décédés au profit des survivants. » Cette définition peut s'appliquer à l'affaire de *Rutherford Hall*, et je suis certaine que vous l'avez pensé, même avant la mort d'Alfred et d'Harold.

La jeune femme se prit à marcher de long en large dans le salon, sans but apparent ; son visage était impénétrable. Brusquement, elle mit un terme à sa promenade en zigzag :

— Je suppose qu'un testament de ce genre eût tenté le diable : n'est-il pas conçu en des termes tels que le dernier survivant encaisserait le tout ?... Cependant, la part de chacun était déjà impressionnante et aurait dû satisfaire tous les bénéficiaires.

— Le malheur est, interrompit miss Marple, que la cupidité finit souvent par l'emporter. Oh ! les gens ne pensent pas, d'emblée, à commettre un crime et cette seule suggestion les ferait frémir d'horreur. D'abord, on se réjouit à l'idée qu'une somme rondelette assurera votre avenir, puis, un beau jour, on se prend à penser, que si on était le seul bénéficiaire... les choses iraient encore mieux ! Peu à peu, la tentation grandit...

— ... Et c'est ainsi que trois crimes sont commis ! D'abord la femme qui jouait le rôle de Martine dans le but d'obtenir une part d'héritage, ensuite Alfred et Harold. En somme, il ne reste que deux suspects.

— Cedric et Emma ?

— Emma ne ressemble pas à un homme grand et brun ! Je parle de Cedric et de Bryan Eastley...
— Ce dernier n'est pas brun !
— D'accord, mais l'autre jour...
Un silence.
— Je vous en prie, insista miss Marple, confiez-vous à moi ! Vous me paraissez nerveuse.

— Eh bien ! après sa visite à miss Crackenthorpe, lady Stoddard West se préparait à monter en voiture, quand elle s'est retournée vers moi et m'a demandé qui était cet homme brun et de haute taille qu'elle avait entrevu sur la terrasse au moment où elle était arrivée à *Rutherford Hall*. Tout d'abord, je ne comprends pas de qui il pouvait s'agir, Cedric étant encore alité. Aussi lui demandai-je, d'instinct : « Vous ne voulez pas parler de Bryan Eastley ? » Et, à ma grande surprise, elle s'écria : « Oui ! je me souviens de lui : c'est bien le chef d'escadrille Eastley ! Le groupe de résistants auquel j'appartenais l'a caché en France, pendant l'occupation, et son physique n'est pas de ceux qu'on oublie. Je voudrais lui dire quelques mots. » Mais nous n'avons pu le rejoindre.

Impassible, miss Marple écoutait.

— Et, un peu plus tard, ajouta Lucy, je me suis décidée à l'observer. Il était debout dans le jardin, me tournant le dos, et je vis ce qui aurait déjà dû me frapper, à savoir que même s'ils sont assez clairs de nature, les cheveux d'un homme peuvent paraître foncés, à quelque distance, quand ils sont recouverts de l'un de ces produits destinés à vaincre des mèches rebelles. En conséquence, il est impossible d'affirmer en toute certitude que Bryan n'est *pas* l'homme que votre amie, Mrs McGillicuddy a aperçu dans le fameux train.

— Vous ne m'apprenez rien, dit gentiment miss Marple.

Lucy eut un léger sursaut :

— Je suppose qu'aucun détail ne vous échappe, dit-elle amèrement.

— M'occuperais-je de cette sorte d'affaire, dans le cas contraire ?

— Je l'admets. Mais je ne comprends pas quel intérêt aurait eu Bryan à... Je veux dire que la part d'héritage irait à Alexander, son fils, et que lui-même ne pourrait en disposer facilement.

— A moins qu'Alexander ne meure avant sa majorité. Alors...

Horrifiée, Lucy s'écria :

— Qu'insinuez-vous ? Aucun père...

— Je comprends vos sentiments, ma chère ! Mais tout est possible sur cette terre. J'ai connu une femme qui a empoisonné trois de ses enfants pour essayer de toucher une assurance. Puis, une autre dont la fille et le fils sont morts presque subitement, alors qu'elle-même prétendait souffrir d'une intoxication. Naturellement, elle était coupable. Toujours l'argent ! Mais ne vous tourmentez pas outre mesure, Elspeth McGillicuddy sera bientôt auprès de nous !

— Et comment ne serais-je pas tourmentée ? Je me suis prise d'intérêt pour la famille Crackenthorpe.

— Je sais combien votre comportement à son égard est délicat. D'autant que vous vous êtes profondément attachée à deux de ses membres, pour des mobiles différents.

— Que dois-je comprendre ? demanda Lucy sur ses gardes.

— Je veux parler des deux fils survivants, répondit miss Marple. Plus exactement du fils et du beau-fils. Soit dit en passant, il est curieux que les moins sympathiques aient trouvé la mort, alors que les plus attrayants sont encore en vie. Ainsi, Cedric Crackenthorpe exerce un certain charme, bien qu'il se complaise, assez souvent, à provoquer les gens.

— J'avoue qu'à certains moments, son attitude me rend folle, admit Lucy.

— Mais cela ne vous déplaît pas, ma chère ! Vous êtes une femme d'action, et faire front aux attaques semble vous convenir. En revanche, Mr Eastley est un timide ; même, on peut le comparer à un petit garçon qui cherche un appui. Et, par contraste, cette faiblesse répond à votre besoin de protéger les faibles. Un dilemme !

— Vous parlez d'or, mais l'un des deux est un assassin ! Et lequel ? Cedric semble se désintéresser complètement de la mort d'Alfred et d'Harold : il passe le plus clair de son temps à faire des plans au sujet de la propriété paternelle qui, maintenant, doit lui revenir. Cynisme affecté, me direz-vous ? Il y a toutefois des limites ! Quant à Bryan, son attitude est équivoque : loin de se lamenter sur les crimes commis, il ne cesse de vanter le charme de *Rutherford Hall*. Oh ! il ne fait pas de projets précis, comme son beau-frère. Avec lui, tout se passe comme dans un rêve ! Il dépeint le charme de la vieille demeure et de son parc, et insiste sur la joie qu'il éprouverait à y vivre avec son fils ! Un *leitmotiv* ! Et combien lancinant !

— Je comprends, murmura la vieille demoiselle. Mais est-ce là tout ce qui vous préoccupe ? N'y a-t-il pas autre chose ?

Lucy hésitait, mais elle ne put résister au regard pénétrant de sa vieille amie.

— Vous avez deviné : rien ne prouve que Bryan n'a pas voyagé dans le train du crime...

— Celui qui part de Paddington à 16 h 33 ?

— Oui ! Vous savez qu'Emma a éprouvé le besoin de donner à l'inspecteur Craddock son emploi du temps pour la fatale journée du vendredi 20 décembre. Or, elle a déclaré s'être rendue à la gare pour accueillir Bryan « qui arrivait par le train de 16 h 50 ». Mais comment exclure que Bryan soit descendu, en réalité, du train précédent (celui de 16 h 33), et ait prétendu avoir pris le suivant ? Il y avait foule, ce jour-là, et Emma a très bien pu le rencontrer dans le hall, et non pas à la descente du train. Certes, ce ne sont que des suppositions, mais rien de plus angoissant que le doute, et comment ne pas avoir de soupçons : il ne reste que *deux* suspects !... Peut-être ne connaîtrons-nous jamais la vérité !

— Erreur ! répliqua miss Marple. Les choses n'en resteront pas à ce point. Les assassins deviennent imprudents quand ils ont récidivé. Mais calmez-vous, ma chère : la police est sur place, en permanence, et surtout, n'oubliez pas que l'arrivée d'Elspeth McGillicuddy est imminente.

CHAPITRE XXVI

1

— Donc, Elspeth, vous avez compris ce que je désire vous voir faire ?

— J'ai des oreilles pour écouter ! répondit Mrs McGillicuddy, mais cette mise en scène paraît étrange.

— Vous exagérez !

— Votre calme me dépasse ! Réfléchissez un peu : je dois vous accompagner à *Rutherford Hall*, simuler un malaise et demander à... m'isoler !

— Il gèle à pierre fendre, ma chère, et vous pourriez avoir mangé quelque chose d'indigeste. Cela arrive parfois, convenez-en.

— Admettons ! Mais révélez-moi au moins votre but !

— Précisément ce que je veux éviter.

— Vous êtes plutôt exigeante, Jane ! D'abord, vous m'ordonnez de quitter Ceylan plus tôt que je ne le désirais...

— Il était impossible d'attendre, car je crains qu'il n'y ait une nouvelle victime. Oh ! je sais que la police a pris toutes sortes de précautions, mais l'assassin peut être plus adroit qu'elle. Donc, chère amie, il vous fallait venir. Oh ! j'entends le taxi.

Mrs McGillicuddy revêtit aussitôt son habituel manteau poivre et sel, tandis que miss Marple s'enveloppait dans plusieurs châles. Puis, les deux amies prirent place dans la voiture qui se dirigea vers *Rutherford Hall*.

2

— Qui peut venir nous voir ? demanda Emma qui se tenait près de la fenêtre... Quelle surprise ! c'est la tante de Lucy !

— Une raseuse ! s'écria Cedric. Qu'on lui dise que nous sommes sortis !

Sa sœur n'eut pas le temps de répondre, car Mrs Hart, la femme de charge, ouvrit la porte et, écartant ses lainages, miss Marple entra, accompagnée d'une personne imposante à souhait.

— J'espère, dit la vieille demoiselle, serrant la main qu'Emma lui offrait, que nous ne vous dérangeons pas. Je rentre chez moi, à St. Mary Mead, dès demain, et je ne voulais pas partir sans vous remercier de toutes vos bontés à l'égard de Lucy... Mais j'allais oublier : permettez-moi de vous présenter Mrs McGillicuddy, une amie, qui va résider chez moi.

— Ravie, assura celle-ci, tout en regardant miss Crackenthorpe avec insistance, avant de porter son attention sur Cedric.

La porte s'ouvrit de nouveau, et Lucy apparut :

— Vous, ma tante ! J'ignorais totalement que...

— Je me devais de prendre congé de miss Crackenthorpe qui a été si bienveillante pour vous, répondit la vieille demoiselle.

— A vrai dire, repartit Emma, c'est moi qui devrais remercier votre nièce.

— Exact ! intervint Cedric. Nous lui avons mené la vie dure avec tous nos malades.

— J'espère qu'ils sont guéris ? s'enquit miss Marple.

— Tout à fait !

— Lucy m'a confié qu'il s'était agi d'une intoxication d'ordre alimentaire. Des champignons, peut-être ?

— La cause exacte demeure mystérieuse, murmura Emma.

Cedric ricana :

— Ne le croyez pas ! Au surplus, je suis certain que la rumeur publique est parvenue jusqu'à vous, miss... ?

— Marple !

— Eh bien ! Miss Marple, il n'est tel qu'un poison pour délier les langues !

— Cedric, s'écria Emma, ne tenez pas de tels propos. Vous oubliez les recommandations de l'inspecteur Craddock.

— Bah ! ironisa l'artiste, tout le monde est au courant. Même ces dames !

Il se tourna vers miss Marple et Mrs McGillicuddy.

— Pour ma part, répondit celle-ci, j'arrive de l'étranger.

— Dans ces conditions, reprit Cedric, vous ne savez pas grand-chose au sujet de notre petit scandale. Eh bien ! on nous a tout simplement servi un curry assaisonné d'arsenic. Et la tante de Lucy, elle, ne l'ignore pas.

Soudain, Mr Crackenthorpe fit irruption dans la bibliothèque, l'air courroucé :

— Alors, pas de thé aujourd'hui ? Et pour quelle raison ?

Apercevant Lucy, il l'interpella :

— C'est vous la responsable, n'est-ce pas ?

— Le thé est prêt, répondit-elle sans sourciller, et je vais le servir.

Elle sortit aussitôt, tandis qu'Emma présentait les deux visiteuses à son père. Déjà, celui-ci grommelait de nouveau :

— J'entends qu'on soit ponctuel. Exactitude et économie, telle est ma devise !

Miss Marple esquissa un sourire :

— Excellente, à notre époque ! Avec tous ces impôts...

— Les impôts ! Ne m'en parlez pas. Attendez, mon gaillard, ajouta-t-il tourné vers Cedric, et plus tard, le gouvernement vous prendra tout, capital et revenu. Quant à cette propriété, il en fera un centre d'hébergement.

A ce moment, Lucy revint avec une grande théière en argent et un plateau rempli d'appétissants sandwiches. Porteur d'un superbe gâteau, Bryan Eastley la suivait de près.

— Que signifie ce luxe ? gronda Mr Crackenthorpe. On donne une réception sans me consulter ?

Le visage d'Emma s'empourpra :

— Nous attendons le docteur Quimper, père : c'est son anniversaire.

— Qu'a-t-il à faire d'un anniversaire ? Seuls les enfants y ont droit et je défends même qu'on fête le mien.

Cedric faillit éclater de rire :

— Voilà qui économise les bougies ! dit-il.

— Cela suffit, mon garçon ! s'écria le vieillard.

Sans doute pour alléger l'atmosphère, miss Marple intervint.

— Quelle vue splendide ! dit-elle, un doigt pointé vers la fenêtre. Ce parc est immense, et quel calme !

— Plutôt un anachronisme, répondit Emma. Si les

fenêtres étaient ouvertes, vous n'entendriez que très vaguement le bruit du trafic.

A ce moment, miss Marple laissa tomber son sac à main que Cedric s'empressa de ramasser. Curieuse coïncidence : Mrs McGillicuddy se rapprocha d'Emma et, paraissant angoissée, lui glissa quelques mots à l'oreille — angoisse peut-être sincère, car la mission dont la digne dame avait été chargée ne laissait pas de l'inquiéter.

Quoi qu'il en fût, Emma fit preuve de compréhension :

— Un petit malaise ? Ne vous tourmentez pas ; Lucy va vous conduire au premier étage.

Après leur départ, miss Marple crut devoir donner une explication :

— Avec ce froid, et...

Bryan Eastley, qui regardait au-dehors, l'interrompit :

— Oh ! ce vieux Quimper se décide à venir :

Une voiture s'était arrêtée devant le perron, et le docteur entra rapidement :

— Quel temps ! Il va neiger, voilà mon diagnostic. Hello ! Emma, comment allez-vous ? Mais en l'honneur de qui... cette magnifique pâtisserie ?

— Ne m'avez-vous pas dit que votre anniversaire... ?

— Certes, mais je ne m'attendais pas à pareille fête : bien des années se sont écoulées depuis... Voyez-vous, on m'oubliait !

Il paraissait profondément ému.

— Connaissez-vous le docteur Quimper, miss Marple ? demanda Emma.

— Certainement, s'empressa de répondre la vieille

demoiselle. Je l'ai déjà rencontré ici même et il est venu m'ausculter, tout récemment, à la suite d'un refroidissement. Très aimable, en vérité !

— Complètement remise, je suppose ? s'enquit Quimper.

Ce que miss Marple admit aussitôt. Mais Mr Crackenthorpe s'agitait :

— Vous n'êtes pas venu me voir ces jours-ci, Quimper ! Je pourrais mourir sans que cela vous affectât autrement.

— Je ne vous vois pas passer de vie à trépas avant longtemps, répondit gaiement le praticien.

— Vous parlez d'or, grommela le vieillard. Mais qu'attendons-nous pour prendre le thé ?

— Je vous en prie, dit miss Marple : ne tenez pas compte de l'absence de mon amie, sinon elle serait furieuse !

Déjà, Bryan offrait les sandwiches que miss Marple semblait regarder avec attention.

— Que contiennent-ils ? demanda-t-elle posément.

— Un excellent pâté de poisson, répondit Bryan. J'ai aidé à sa préparation...

Un rire sinistre l'interrompit :

— ... avec du poisson empoisonné ! s'écria Mr Crackenthorpe. Il vous faudra le manger à vos risques et périls !

— Je vous en prie, père ! s'écria Emma.

Mais le vieillard passa outre :

— Deux de mes fils ont déjà été tués comme des mouches...

— Ne vous laissez pas impressionner, miss Marple, coupa Cedric qui tendit de nouveau le plateau aux sandwiches.

— Vous d'abord ! ordonna son père.
— Alors, c'est moi le cobaye ?... Entendu !
Et il s'exécuta aussitôt, tandis que miss Marple souriait gentiment :
— Vraiment, vous êtes admirable. Un tel courage après tous ces incidents !
Puis elle imita Cedric. Soudain, elle eut un sursaut, s'efforçant de reprendre son souffle :
— Une arête... murmura-t-elle d'une voix haletante. Là, dans ma gorge !
Quimper se leva d'un bond et se saisit de sa trousse dans laquelle il choisit un petit objet en métal avant de demander à la vieille demoiselle d'ouvrir largement la bouche.
Avec une rapidité toute professionnelle, il s'affairait dans la gorge de l'accidentée, quand Mrs McGillicuddy revint dans la pièce, suivie de Lucy.
En regardant la scène qui s'offrait à sa vue — miss Marple renversée sur sa chaise tandis que le docteur lui tenait le cou — la dame poussa un cri :
— *C'est lui !... L'homme du train !*
Avec une incroyable rapidité, miss Marple se dégagea des mains du docteur et se dirigea vers son amie :
— J'étais certaine que vous le reconnaîtriez, Elspeth, dit-elle avec autorité. Non ! *Ne dites plus un mot !*
Elle se tourna vers Quimper :
— Voyez-vous, docteur, quand vous avez étranglé votre victime dans un wagon, vous ne *pouviez pas* vous douter qu'un témoin surprendrait votre geste. Or, mon amie ici présente, Mrs McGillicuddy,

se trouvait dans un train qui roulait parallèlement au vôtre.

— Que signifie ?... s'écria Quimper qui se dirigea vers Mrs McGillicuddy.

Déjà, miss Marple s'interposait entre eux :

— Il n'y a qu'une signification : cette dame vous a reconnu, et elle en fera serment devant le juge !... Il est plutôt rare, ajouta-t-elle rapidement, qu'un tiers assiste vraiment à un crime. Habituellement, les dépositions portent sur des faits accessoires que l'accusation lie les uns aux autres. Dans votre cas, aucun doute : *Des yeux ont vu !*

Cramoisi, Quimper ne put que hurler :

— Vieille toquée !

Il se disposait à se jeter sur la vieille demoiselle, mais Cedric le saisit par les épaules :

— Ainsi, c'est vous l'infernal assassin ? dit-il en le secouant sans ménagement. A vrai dire, je n'avais jamais éprouvé une grande sympathie à votre égard, mais du diable si pareil soupçon me serait venu ! Et...

Un léger bruit l'interrompit : Craddock et Bacon faisaient leur entrée.

— Docteur Quimper, dit gravement Bacon, je dois vous avertir qu'à partir de ce moment...

— Qu'ai-je à faire de votre avertissement ? rugit l'interpellé. Pensez-vous vraiment que quelqu'un puisse donner créance aux élucubrations de ces deux folles ? Qui croirait à cette histoire idiote de trains parallèles ?

Ce fut miss Marple qui répondit :

— Elspeth McGillicuddy a pris soin d'aviser la

police *dès le 20 décembre* et elle a donné tous *les détails voulus* sur l'assassin !

Reprenant son souffle, Quimper essayait de se ressaisir :

— Et pourquoi aurais-je éprouvé le besoin de tuer une femme totalement inconnue ?

— Il ne s'agissait pas d'une inconnue, répondit Craddock. Elle était votre *femme*.

CHAPITRE XXVII

— Comme je l'avais prévu, dit calmement miss Marple, il s'est agi du plus habile des crimes auxquels peuvent avoir recours les hommes qui veulent se débarrasser de leurs femmes !

Etonnée, Mrs McGillicuddy regarda tour à tour son amie et l'inspecteur Craddock.

— Peut-être daignerez-vous me mettre enfin au courant ? dit-elle.

Miss Marple s'empressa de lui donner satisfaction :

— Quimper entrevoyait la possibilité d'épouser une riche héritière, en l'occurrence Emma Crackenthorpe. Un écueil, toutefois : il était déjà marié. Certes, les deux époux vivaient séparément, mais la femme refusait le divorce. Ce qui confirme les informations obtenues par l'inspecteur Craddock sur Anna Stravinska : elle avait un mari de nationalité britannique et était catholique pratiquante. Ne voulant pas prendre le risque de devenir bigame, le docteur ne vit qu'une issue : se débarrasser de sa conjointe.

« Le plan consistant à la tuer dans un train, puis à cacher son cadavre dans le sarcophage du vieux musée était magistral. Encore plus subtile fut la tactique mise en œuvre par le coupable pour « lier » le crime aux dimensions de la famille Crackenthorpe. Peu avant le dénouement dans le train, il adressa à Emma une lettre écrite soi-disant par cette Martine, qu'Edmund devait épouser. Projet dont il avait avisé sa sœur quelques jours avant sa mort.

— Comment Quimper pouvait-il le savoir ? dit Mrs McGillicuddy.

— Emma, le tenant pour un ami, lui faisait bien des confidences et lui avait certainement parlé de son frère défunt. De sorte qu'au cours de l'enquête il lui conseilla de révéler ces faits à l'inspecteur, afin que Martine pût passer pour la victime. Il commençait à s'inquiéter, sachant que la police française recherchait la danseuse Anna Stravinsky — sa femme — si inquiet qu'il s'arrangea à faire envoyer, de la Jamaïque, une carte, à une de ses collègues de ballet, supposée signée par elle.

« Obtenir d'Anna un rendez-vous à Londres lui fut chose facile, le prétexte étant une réconciliation. Nous ne parlerons pas du drame qui s'ensuivit, le sujet est trop déplaisant ! Mais ce crime seul ne suffisait pas : cupide sous les apparences d'une bonhomie désintéressée, Quimper convoitait, sinon la totalité, du moins la plus grande partie de la fortune des Crackenthorpe ; il lui fallait donc s'attaquer aux ayants droit, sous le couvert d'une savante mise en scène. Premier stade : le docteur s'employa à propager le bruit qu'une *certaine* personne s'efforçait d'empoisonner lentement le chef de famille. Deuxième stade : il appliqua discrètement son traitement tout spécial à tous les membres de la famille... tout en prenant soin de ne pas exagérer la dose. Son but n'était-il pas de créer d'abord une atmosphère de suspicion et de dérouter la police, quitte à récidiver ? D'autre part, il ne désirait pas la mort de Luther Crackenthorpe... avant son mariage avec Emma.

— Mais, interrompit Craddock, Quimper n'était pas à *Rutherford Hall* quand le curry fut préparé !

— Il n'y avait aucun poison dans le curry, quand Lucy déposa le plat sur la table. Ce n'est que plus tard, après les symptômes d'empoisonnement, que le docteur ajouta la drogue *dans* les restes, plus exactement après les avoir emportés, pour les analyser, disait-il.

— A vous croire, donc, le curry absorbé par les membres de la famille était intact ! Dans ces conditions, comment expliquer la gravité de leur état ? objecta l'inspecteur.

— Vous oubliez *la carafe de cocktail* que Quimper a prise des mains même de Lucy, avant le repas, et dans lequel il a jeté l'arsenic ! Le curry n'a servi qu'à détourner les soupçons. La suite s'explique aisément : compte tenu de la confiance qu'inspirait le médecin de la famille et de ses nombreuses visites, la préparation de l'empoisonnement d'Alfred n'a été qu'un jeu. Et aucune difficulté réelle pour faire discrètement parvenir à Harold les fameux comprimés, après avoir pris soin, la veille, de déclarer lui-même à sa victime qu'elle n'avait plus besoin de médicaments. Ainsi le tout a été conçu et mis à exécution avec une ruse et un sang-froid dignes des plus célèbres assassins !

— D'accord avec vous ! acquiesça Craddock.

Miss Marple réfléchit pendant un instant.

— Voyez-vous, reprit-elle, je m'étais rendu compte que, même vue de dos, une personne présente certaines caractéristiques. C'est pourquoi j'ai voulu que, dès l'entrée d'Elspeth dans la bibliothèque — et sans qu'elle soit prévenue de quoi que ce soit — le docteur s'offrît à son regard dans une position similaire à celle qui, dans le train, avait forcé l'attention de mon amie. C'est-à-dire tournant le dos, et penché sur une femme dont il paraissait serrer la gorge... Dois-je préciser que Lucy m'a aidée à la mise au point de mon plan ?

Tournés vers la jeune femme, Craddock et Bacon se disposaient à la féliciter, quand Mrs McGillicuddy crut devoir intervenir :

— Il me faut avouer que, sous le coup de la surprise, je me suis écriée : « C'est lui ! », sans me rappeler que, dans le train du crime, seul, son dos s'était offert à ma vue ; donc, que je n'avais jamais vu son visage.

— J'avais une telle peur de vous l'entendre dire ! convint miss Marple. Tout aurait été compromis, car il fallait convaincre l'homme que vous l'aviez reconnu. Aussi, de gré ou de force, vous aurais-je empêchée de parler !

Craddock rit franchement.

— Vous deux, quel tandem ! Mais que va-t-il arriver maintenant ? D'abord, miss Crackenthorpe...

— Oh ! elle oubliera le docteur, et espérons qu'un prétendant de tout repos surgira dans sa vie.
— En sera-t-il de même pour Lucy Eyelessbarrow ?
— Pourquoi pas ?
— Je me demande quel pourrait être son choix ?
Miss Marple cligna de l'œil :
— N'avez-vous vraiment aucune idée à ce sujet ?
— Non, je l'avoue. Mais vous me paraissez soupçonner quelque chose ?
— Oui, répondit la vieille demoiselle dans un sourire. Et je suis presque certaine de ne pas me tromper.

FIN